"감옥에서 그 긴 세월을 어떻게 견뎌내셨습니까?"
"난 견뎌낸 게 아니라오. 준비하고 있었던 거지."

넬슨 만델라

내리막길이 설레려면
미리 해야 할 준비가 있다

독자들이여, 미안하다. 내가 몇 길 앞도 내다보지 못한 채 그대들에게 단언하고 말았다. 까짓것, 체력만 있으면 살면서 겁날 게 없다고. 인생이 확 달라진다고. 반은 맞고 반은 틀렸다.

물론 쉰 정도까지는 그동안 쌓아 둔 체력이 든든한 식량을 대 주었다. 내가 바로 그 산증인 아닌가. 날개라도 돋아난 것처럼 훨훨 세상을 누비고 다녀도 지치지 않았다. 젊었을 때 일하면서 아이 키우느라 낑낑댔던 아픔을 다 보상받는 듯했다. 이제 밥 차려 달라 징징대는 사람도 없고 시간이 지천인데, 맘만 먹는다면 못할 게 무언가. 드디어 내 세상이 왔나 싶었다.

그럼 돈만 좀 있으면 오죽 좋은가. 부모한테 물려받을 재산 없고 '억' 소리 나는 연봉은 남의 집 얘기였기에, 대신 우리 부부는 성실과 꾸준함으로 일했다. 재테크나 주식 쪽은 아예 쳐다보지 않았으며, 바보 같지만 덜 쓰고 모으는 저축을 신봉했다. 혹시 살다가 옹색해지면 따뜻한 남쪽 지역으로 내려가거나, 20년 넘게 살아온 아파트로 주택 연금을 받을 심산이었다.

체력을 장착했겠다, 기운 떨어지지 않을 만큼 먹거리 챙겨서 삶의 절정까지 터벅터벅 잘 오른 셈이다. 그런데 내리막길로 접어드니 나도 처음 가는 코스라 영 낯설기만 했다. 어라? 쉰이 넘어가자 육체는 새로운 차원으로 접어들었다. 갱년기에다 다양한 노화 증상이 여기저기 신호를 보내오기 시작했다. 젊은이들 속도는 도무지 따라갈 수 없고, 때맞춰 무릎마저 시큰거렸다.
아니, 산만 한 배낭을 짊어진 짐꾼들과 뒷짐 지고 따라가는 저들은 또 누군가. 고급 등산복을 걸친 자산가들은 큰 소리로 떠들어 댔다. 그 정도로 만족하다간 쫄쫄 굶을걸. 돈이든 음식이든 더, 더 챙겼어야지. 아직 내려갈 길은 한참 남은 것 같은데 더럭 겁부터 났다. 온갖 데서 들려오는 흉흉한 소문에 마음이 뒤숭숭해졌다. 이런! 우선 정신부터 단단히 챙겨야겠구나.

해가 떨어지기 시작하는 산등성이에서 후들후들 떨리는 다리를 쉬며, 머나먼 아래 풍경을 차분히 내려다보았다. 어떻게 하면 이 길을 두려워하지 않고 안전하게 걸어갈까. 작게 휘파람이라도 불면서 설레는 기분으로 내려갈 수 있을까. 그러려면 젊어서 신나게 올라갈 때는 필요하지 않았고 미처 헤아리지 못했던, 달관의 마음 챙김과 몸가짐이 필요했다.

내게는 선생님이나 다름없는 두 어머니의 삶을 보면서 배운 지혜, 주위에서 만난 다양한 롤 모델이 전해 준 교훈을 현실의 날실로 삼았다. 책과 영화 속 주인공들이 대신 겪어 준 아름다운 성공과 아쉬운 실패를 상상의 씨실로 꿰었다. 그리하여 나이 들수록 더 빛나고, 약해지는 순간 힘이 되며, 헷갈릴 때마다 확실하게 잡아 줄 노후대책 30개를 길잡이 삼기로 했다.

누구에게나 낯설고 힘든 길이기에 30개 정도로는 어림없을지 모른다. 다만 모든 대책을 관통하는 한 가지 원칙만은 잊지 말아야 한다. 내가 강조하는 효험 있는 노후대책의 고갱이는 개수나 내용보다, '미리' 그리고 '슬슬'이다. 나이 들면서 갑자기 속 좁고 기운 없는 노인으로 변하긴 쉬워도, 하루아침에 건강하고 근사한 어른으로 환골탈태하기란 무척이나 어려운 법이다.

강한 체력으로 인생이 달라졌다고 자만하지 말고 거기서 멈춰서도 안 된다. 그 달라진 인생도 어쩔 수 없이 '나이 듦'에 영향을 받는다. 육체의 건강뿐 아니라 마음가짐, 태도, 관계, 습관, 그리고 마무리에 이르기까지 다각도로 챙겨 가며 생의 조화를 이뤄야 한다. 50부터 몇 길을 내다보며 미리 준비해야만 신바람 나는 60이 되고, 건전한 70으로 살며, 괜찮은 80을 맞을 수 있다.

자, 산꼭대기에 올라 멋진 풍경을 다 둘러봤다면 여러분도 슬슬 하산 준비를 하시라. 신발 끈부터 단단히 매기 바란다. 배낭이 가뿐하고, 두 손에는 스틱을 단단히 쥐었고, 주머니에 사탕도 있고, 정다운 친구가 곁에 있다면 내리막길도 겁날 게 없다. 게다가 땅이 가까워지면서 저녁놀이 붉게 물든 장관을 보게 될지 누가 알랴.

네 번째 노후대책 · 살피는 마음

다섯 번째 노후대책 · 꼿꼿한 판단

첫 번째 노후대책

의젓한 태도

내가 추구하는 의젓한 태도는

부끄러움이 뭔지 알고 자존감을 지키려는 노력이다.
가볍지 않은 말투와 행동으로 근사하게 보이고 싶은 마음이다.
나이 들수록 더 빛나는 어른의 자세다.

나이를 핑계 삼아
허물어지지 말기

공원을 산책하다가 같은 동네 사는 엄마를 보았다. 한 걸음에 달려갔는데 가까이서 보니 다른 할머니였다. 나이 들면 왜 죄다 비슷하게 보이는지 모르겠다. 머리 모양이나 까만 투명 챙 모자, 아니면 꽃무늬 옷 때문일까. 개성이 사라지고 스테레오타입의 한국 할머니가 되고 만다.

다음 날은 슈퍼 앞에서 진짜로 엄마와 마주쳤다. 오히려 이번엔 긴가민가해서 얼굴부터 잘 확인했다. 역시나 옷차림 때문이었다. 평소 깔끔하게 차려입는 양반인데, 그날따라 겉옷 밑으로 잠잘 때 입는 수면 바지가 드러났다.

"아니, 왜 잠옷을 입고 밖에 나왔어요?"

딸이 뭐라고 힐난할 때마다 엄마가 꺼내 드는 만능 치트키가 있다.

"나이 들었는데 뭐 어떠니."

하긴 팔순 할머니만 그럴까. 엊그저께에는 외출하고 돌아와 화장을 지우려다가 '허걱' 했다. 눈꺼풀에 그렸던 아이라인이 눈가에 번져 있었다. 같이 밥을 먹은 상대는 오랜만에 만난 대학 후배였다. 남성이었지만 같은 연령대의 편한 사이라 그랬나. 식사를 한 뒤 화장실에 들러 살펴볼 생각을 미처 못했다. 젊을 때와 달리 거울 들여다보는 일에 영 둔감해졌다.

이런, 앞사람이 난감했겠네. 잘난 척하면서 얼굴을 들이대고 두어 시간이나 얘기를 나눴는데. 고춧가루 낀 이를 활짝 드러내고 웃은 것처럼 순간 부끄러움이 기어올랐다. 그런데 겨우 50대 중반을 넘어선 내가 황망함을 수습하는 방법이 엄마와 똑같았다.

'에이, 나이 들었는데 그러면 좀 어때.'

입었던 외출복을 정리하다가 또 한번 찔끔했다. 가슴 언저리에 뭔가 얼룩이 남아 있었다. 원래 묻어 있었는지, 밥을 먹으면서 흘린 자국인지는 모르겠다. 아마

화장실에 가서 살폈더라도 잘 보이지 않았으리라. 노안이 온 뒤로 종종 발생하는 일이다.

젊은 시절에는 나이 든 분들이 입가나 옷에 뭘 그렇게 묻히고 다니는지 이해가 되지 않았다. 지저분하게 방치하는 무신경이 싫었다. 이제야 알 것 같다. 대부분은 눈에 잘 보이지 않았을 거라는 데 생각이 미친다. 딱 거울과 나 사이의 거리가, 노안에는 가장 안 보이는 사각지대다. 까딱하다간 진주알 달린 목걸이라도 건 것처럼, 하루 종일 밥풀을 자랑스레 붙이고 다닐지도 모른다. 그럴 때도 역시나 만만한 핑곗거리는 있다.

'쯧, 나이 들어 노안이 왔는데 어쩔 수 없잖아.'

'나이'는 힘이 센 파스와도 같다. 어디에 갖다 붙여도 개성을 지우고, 부끄러움을 해소하며, 그 자리에 안주하게 만드는 특효약이다. 한번 나이라는 숫자의 마수에 걸려들면 빠져나오기 힘들다. '못해', '안 해', '모르겠어'를 구호처럼 반복하며, 위축되거나 뻔뻔해진다. 지금도 이런데, 앞으로 살면서 얼마나 더 나이에 책임을 전가할까.

그까짓 번진 아이라인이나 밥풀떼기는 웃고 넘어갈 귀여운 수준이다. 충분히 할 수 있는데도 지레 포기

해 버리려는 맘을 어떻게 다스려야 할까. 하지 말아야
할 실수를 저지를 때마다, 마땅히 해야 할 의무를 피할
때마다 엉뚱하게 나이 탓만 하면 어쩌나. 정의에 눈을
감으면서, 분노해야 할 순간에 외면하면서, 의뭉스럽
게 나이 핑계나 대는 노인으로 살까 봐 두렵다.

　그럴 때마다 채찍처럼 느슨해진 정신을 번쩍 차리
게 해 줄 책이 있다. 알래스카 인디언이 들려주는 '나이
와 생존'에 대한 이야기 〈두 늙은 여자〉[1]다. 여든 살
'칙디야크'와 일흔다섯 살 '사'는 끊임없이 여기가 아프
다, 저기가 쑤신다고 주위 사람들에게 불평을 해 댔다.
늙고 약하다는 것을 과시하기 위해 언제나 지팡이를 짚
고 다녔다.
　그토록 나이 탓만 하던 두 사람이 절벽 끝까지 밀린
위기 상황에서 보여 주는 저항은 경이롭기 그지없다.
이 세상을 떠나야 할 때는 아직 멀었다고 선언하며 '삶
의 전사'로 변신하기 때문이다.

　친구야, 어차피 죽을 거라면 뭔가 해 보고 죽자고.
가만히 앉아서 죽음을 기다릴 게 아니라 말이야.

실은 〈채널예스〉에 실린 김남주 번역가의 인터뷰 기사[2]에 먼저 마음이 움직였다. 읽기도 전에 책에 반한 셈이다.

우리는 생명이 붙어 있는 한 성장하거든요. 생명이 있는 한 가능성이 있어요. 중요한 것은 삶의 길이를 늘리는 것이 아니고요. 삶의 깊이를 갖는, 나답게 사는 것이에요.

두 늙은 여자가 가르쳐 준 교훈은 단순 명쾌하다. 나이는 노령 연금을 타거나, 지하철 무료 승차권을 받을 시기에만 되새기면 된다는 사실. 나의 글과 말 사전에 이미 '늙어서'는 사라진 지 오래다. '나이 들었는데 뭐 어때'도 뿌리째 뽑아 버릴 작정이다. 대신 앞으로 꺼내 들 나의 만능 치트키는 '성장'이다. 나날이 나아지고 깊어지고, 매년 더 익어 갈 테다. 단지 힘겨운 한 걸음일지라도.

아름다움을 알아차리고
실컷 누리기

자부심 강한 '출판 편집자'로서, 내게도 이력서에 넣고
싶지 않은 흑역사가 있다. 출산 후 조급한 마음으로 여
기저기 직장을 알아보던 차였다. 마침 역사 깊은 언론사
에서 매년 발간하는 인명사전 채우는 일을 소개받았다.

역할은 편집자인데, 기획 정신이나 창의력은 전혀
필요 없었다. 어찌 보면 인내심과 꼼꼼함이 최고로 필
요한 덕목이었다. 왠지 수월해 보였고, 뭣보다 찬물 더
운물 따질 처지가 아니었다. 급한 대로 우선 다녀 보자
고 마음먹었다.

1년 넘게 버텨 보니, 고루한 신문사 분위기였지만
나름 장점도 있었다. 사무실이 지하철역 코앞이라 출
근하기 편했다. 또 작은 출판사와 달리 복지 수준이 높

았다. 비록 정규직은 아니어도, 매년 계약만 갱신하면 오래 안주할 수 있다고 했다.

순한 성정의 동료들은 별 고민이 없어 보였다. 특히 아이를 키우는 직장 맘이 근무하기엔 더할 나위 없는 조건이었다. 문제는 단 하나. 월급이 꼬박꼬박 들어오는데도 도통 신나거나 행복하질 않았다.

알음알음으로 잡지가 주력인 D사에서 사람을 뽑는다는 소식이 들렸다. 바로 다음 날 휴가를 내고 편집장 면접을 보러 달려갔다. 건물에 발을 집어넣는 순간, 무슨 수를 써서라도 이 회사에 들어가겠다고 마음을 다졌다. 여기서 어떤 일을 하게 될지, 월급을 얼마나 줄지 따위는 상관없었다.

출입구에 놓인 특이한 조각 작품이 가장 먼저 눈길을 잡아끌었다. 티끌 하나 없는 유리 상자 안에서 스포트라이트를 받고 있었다. 실내에서 2층으로 연결되는 나선형 계단 난간에는 새빨간 끈을 감아 놓았다. 그 자체로 크리스마스 장식 같은 효과를 풍겼다. (오래전 풍경인데도 기억이 또렷한 이유는, 서울 처음 올라온 시골 아가씨처럼 그 분위기에 위축되었기 때문이다.)

대기업처럼 넓은 공간을 할애해 안내 데스크를 꾸

며 놓은 것도 부러웠다. 외부인 눈에 직원들의 업무 공간이 들여다보이지 않도록 신경 쓴 의도가 역력했다. 세련된 옷을 걸친 여성들이 활기차게 복도를 걸어 다녔다. 나도 거기에 끼고 싶어 견딜 수 없었다.

간절함이 통했는지 최종 면접까지 합격했고, 단행본 편집자로 일하기 시작했다. 역시 첫인상 그대로, 그간 거쳐 온 출판사들과는 문화 지수가 달랐다. 6년 일하는 동안, 나도 모르는 사이에 웬만한 촌티를 훌훌 벗어던졌다. 옷이나 머리 모양이 근사해졌다는 의미가 아니다. 신발과 가방이 명품으로 탈바꿈하지도 않았다. 세상과 사물을 바라보는 눈이 달라졌다. 그중에서도 심미안, 아름다움을 알아차리는 안목이 생겨났다.

회사 대표는 좋은 예술 작품의 가치를 아는 분이었다. 혼자만 보려고 사장실이나 창고에 꽁꽁 숨겨 놓지 않았다. 모든 직원이 향유할 수 있도록 회사 곳곳에 설치해 놓았다. 우리가 일상처럼 접하는 그림이나 조각이 알고 보면 유명 작가의 예술품이었다. 회사에서 발간하는 잡지들은 고급스러운 품격을 자랑했다. 따라 할 수 있는 경제 사정은 언감생심이었지만, 매달 들여다보는 것만으로 알게 모르게 자극을 받았다.

심미안은 책을 만드는 내 편집자 기질마저 바꿔 놓았다. 충실한 기본 텍스트에 세련된 이미지와 디자인을 가미하면, 가치가 몇 배로 뛰어오른다는 이치를 터득했다. 읽는 책보다 보는 책, 간직하고 싶은 책을 만들고 싶다는 편집자로서 취향이 생겨났다.

이 시기를 기준으로 내가 만드는 책의 색깔도 점차 달라졌다. 단조로움과 지루함에서 벗어났다. 모노톤 점잖은 정장만 고수하다가, 화려한 원피스나 찢어진 청바지를 즐겨 입는 패셔니스트로 변신한 셈이랄까. 이때부터 책 만드는 일이 진정으로 즐거워졌다. 이제야 비로소 '진짜' 편집자가 되었다는 자신감이 솟았다.

전방위 예술 애호가 윤광준은 자신의 책 〈심미안 수업〉[3]을 통해 이렇게 말한다.

사람들은 미적 감각을 특별한 능력처럼, 타고난 재능처럼 생각하는 경향이 있다. 오히려 반대다. '알아야 보인다'는 말은 '다가서야 느끼고, 경험해야 보인다'로 바꿀 수 있다. 심미안은 타고난 능력이라기보다 커 가는 능력이다. 스스로 훈련하는 것이다.

뭐가 근사한지 알아차리려면 일단 근사한 작품을 많이 접해야 한다. 기회 있을 때마다, 잘 기획된 전시회와 공연 현장에 직접 가 보는 경험이 중요하다. 발품이 쌓이다 보면 눈과 귀가 트이기 시작하고, 좋아하는 작가나 작품을 고르는 취향이 뚜렷해진다. 어느 정도 경지에 올라선 미적 수준은 퇴보하기 어렵다. 그 결과, 세상은 아름다움을 계속 향유하는 자와 영영 모르는 채 사는 자로 나뉘는 법이다.

심미안이 생기면 여가나 여행 방식도 달라진다. 더 나아가 직업은 물론 일상생활을 향유하는 가장 기본적인 태도에까지 커다란 영향을 미친다. 이 말은 곧 아예 인생이 바뀐다는 말과도 같다. 죽음의 문턱에서 돌아온 암 환자 윤광준이 사진 세계에 빠져들면서 한국 대표 작가로 환생한 이야기야말로 생생한 증거라 하겠다.

그러니 젊은 시절부터 조금씩이라도 '심미안'을 저축해 놓을 필요가 있다. 시간이 쌓일수록 굵직한 목돈이 되어, 생의 말년이 풍성하고 다채로워질 테니까.

오래전부터 한 달에 한두 번 꼬박꼬박 전시회를 찾는다. 관심 가는 연극이나 뮤지컬이 있으면 일찌감치 예매해 둔다. 비싸더라도 배우들 표정이 잘 보이는 좌석에 앉아 제대로 즐기고 싶기 때문이다. 특히 셰익스피어를 좋아해서, 관련 공연은 거의 놓치지 않는다. (덕분에 자주 동반하는 식구들은 셰익스피어 애호가 행세를 한다.)

지난번에는 특별한 스케줄로 제주도에 다녀왔다. 평상시와 달리, 올레 길도 오름도 걷지 않았다. 현지 사는 친구 권유로 '건축'으로만 여행 테마를 잡았다. 하루는 일본인 건축가 안도 다다오가 설계한 '본태 미술관'과 '글라스 하우스'를 둘러봤다. 다음 날은 재일 한국인 건축가 이타미 준의 작품인 '포도 호텔'과 '방주 교회'에서 시간을 보냈다. 지금까지와는 다른 제주를 만났다. 사진에 찍힌 내 표정도 평소보다 진중해 보였다.

세월이 흐르면 머리는 하얗게 세고, 얼굴엔 주름살이 가득해지겠지. 나이 들어 변해 가는 외모는 아무리 싫다고 발버둥 쳐도 어쩔 수 없는 자연의 섭리다. 비록 겉모습이야 비쩍 마른 장작처럼 변하든 말든, 나는 연둣빛 새싹 같은 아름다운 것들을 알아차리고 맘껏 누리련다. 경탄하고 흥분하며, 생기 가득한 일상을 노년에도 쭉 이어 갈 테다.

심미안 전문가 윤광준이 책에서 내린 마지막 결론은 퍽 의미심장하다. 무용한 것이 유용한 가치로 바뀌

는 행복의 선순환에 젖기 시작하면, 삶이 지루할 틈도
괴로울 틈도 없단다. 시간은 남아돌 텐데 지루하지 않
다니, 이보다 더 아름다운 노후대책이 또 있을까.

어린이를 존중하고
어른처럼 대접하기

"어머, 얘는 누굴 닮아서 이렇게 까맣지? 언니는 하얀 편이잖아요."

엘리베이터 안에서 오래된 이웃과 마주쳤다. 초등학교에 입학했나 싶었던 그 집 둘째 딸내미가 어느새 성큼 자라 있었다. 간단히 인사나 하고 말았으면 좋았을 텐데, 괜히 친한 척한답시고 그런 말을 건넸다. (누구에게도 도움 되지 않는 말을 하느니, 차라리 입을 다무는 쪽이 낫다. 아니면 그냥 웃든가.)

"엄마 피부 안 닮았죠? 안 그래도 얘는 그게 콤플렉스예요."

"까만 게 싫대요? 내가 보기엔 더 예쁜 것 같은데."

어른들끼리 무심코 주고받은 평범한 대화처럼 들

릴 수도 있겠다. 하지만 부끄럽게도 그날, 나는 어른으로서 하지 말아야 할 잘못을 세 개나 저질렀다.

첫째, 아이의 외모를 화제에 올리고 말았다. 얼마전 내 대학 친구를 만난 자리에서, 남편이 호들갑스럽게 "말랐다"며 인사말을 전했다. 자기 딴에는 반가움과 친근함의 표시였겠지만, 듣는 친구는 뭐라고 대답해야 할지 당황한 눈치였다. "몸무게는 그대로인데 고기를 안 먹어서 그런가?"라고 대충 얼버무렸다.

그 자리에선 둘 다 민망할까 봐 가만히 있었지만, 나중에 남편에게 단단히 주의를 줬다. 여성한테 외모에 대한 코멘트는 하지 말라고. 좋은 말이든 안 좋은 말이든 다 신경이 쓰이게 마련이니까. 아니, 비단 여성뿐 아니라, 누구에게나 아예 하지 않는 습관을 들여야 한다. (그럼 무슨 말을 하냐고? 영국 신사처럼 날씨 얘기나 하든지, 얼마 전 읽은 책 얘기를 하든지.)

남편에겐 그리 흥분해 놓고, 정작 본인은 아무 생각 없이 발설하다니! 만약 상대가 어른이었다면 조심, 또 조심했을 터였다. 나도 모르게 어린이라고 얕잡아 본 게 틀림없다. (미안하다, 어린이여.)

둘째, 아이의 존재를 무시하고 엄마와 대화를 나눴다. 만약 어른 셋이 만났는데, A에게 해야 할 말을 B와 C가 자기들끼리만 쑥덕댄다? 그건 대놓고 A를 무시하는 처사가 아닌가. 어린이에게도 귀가 달렸고, 판단력이 있다. 그런데 어른들끼리 자기를 코앞에 둔 채, 그것도 외모에 대해서 찧고 까불었으니 어린이 입장에선 얼마나 황당했을까. 뒷담화도 들으면 기분 나쁠 마당에, 어린이라 깔보고 뻔뻔하게 앞담화를 나눈 것이다. (죄송하다, 어린이여.)

셋째, 나도 모르게 아이의 콤플렉스를 건드렸다. 그걸 알았다면 어떻게 처신해야 하는가? 비록 칭찬의 의미였다고 해도, 무조건 사과부터 하는 게 교양인의 자세다. 여드름 흉터가 심하게 남은 사람한테 피부 이야기는 금물이다. "피붓결이 괜찮아 보인다"라고 긍정적으로 말해 봤자, 당사자에겐 별 도움이 되지 않는다. 입장을 바꿔 놓고 생각해 보자. 만약 어린이가 "아줌마는 키가 저보다 작네요? 작아서 귀여워 보이지만요"라고 말했다면, 퍽이나 칭찬으로 들렸겠다. 얼른 어린이에게 사과하고 수습했어야 마땅하다.

"아줌마가 워낙 까만 피부를 좋아해서 칭찬으로 한

말인데, 너는 속상했겠네. 미안해. (송구하다, 어린이여.)"

만약 김소영 작가가 쓴 〈어린이라는 세계〉[4]를 읽지 않았더라면 어땠을까. 내가 그때 어린이한테 무슨 잘못을 저질렀는지조차 몰랐겠지. 어른들은 대개 지레짐작한다. 어린이들은 작은 만큼 사는 세상이 좁고, 생각이 짧고, 자존심도 약하다고. 밥값을 덜 받으니 0.5인분이라고 여길 때도 있다. 정말 그런가?

누구 하나 어린이 시절을 거치지 않은 사람이 없는데도, 과거는 죄다 까먹는다. 되짚어 떠올려 보라. 여덟 살 무렵부터 나는 이미 사랑, 미움, 그리고 자존감과 품위의 감정을 충분히 느꼈다. 작다고 모르는 것이 아니다. 어린이의 작은 세상은 어른의 큰 세상과 똑같은 방식으로 굴러간다.

한 사람으로서 어린이도 체면이 있고 그것을 손상하지 않으려고 노력한다. 어린이도 남에게 보이는 모습을 신경 쓰고, 때와 장소에 맞는 행동 양식을 고민하며, 실수하지 않으려고 애쓴다.

어린이가 쓰는 존댓말에 대해서도 다시 한번 진지

하게 생각해 볼 필요가 있다. 늘 어른들에게 존댓말을 쓴다는 것은, 반말하는 어른보다 온전히 감정 표현을 하기 어렵다는 의미다. 나는 〈마녀엄마〉[5]를 쓰면서 한 꼭지를 할애해 어릴 때부터 존댓말을 써 온 아들의 습관을 자랑했다. 그런데 혹시 서열을 파악하고 어휘를 고르고 감정을 조절하느라, 다른 아이들보다 훨씬 맘고생을 하진 않았을까 뒤늦게 생각이 미친다. 물론 존댓말 쓰는 어린이는 아무런 잘못이 없다. 당연하다고 생각하며 귀 기울여 듣지 않는 어른이 잘못이지.

얼마 전 엘리베이터 안에서 그 이웃집 딸내미를 다시 만났다. 저번 일이 생각나서 잔뜩 미안한 표정을 지었다. 그리고 어린이에게 존댓말을 쓰는 데서 시작해 보라는 김소영 작가의 권유를 슬그머니 실천해 보았다.
"그동안 잘 지냈어요? 밥은 먹었어요?"
하하! 이 아주머니가 뭘 잘못 드셨나 싶은 표정으로 그 어린이는 눈을 동그랗게 뜨고 쳐다봤다. 어라, 이게 아닌가. 존댓말은 낯선 어린이한테만 먹히는 전술이었나.

나이를 먹을수록 점점 고집이 세지고 편협해진다.

참견이 많아지고 괴팍해진다. 그래서 내가 살아온 케케묵은 구세대의 원칙을 무심코 어린이들에게 강요할지도 모른다. 왜? 나는 경험이 많은 어른이고, 어린이는 뭘 모르는 철부지라고 여기기 쉬우니까. 얼마나 큰 착각이냔 말이냐. 우선 어린이의 세계부터 존중할 줄 알아야 의젓한 어르신이 될 수 있다. 동네 어린이들을 상대로 지금부터 부지런히 겸손한 태도를 갈고닦자.

요즘처럼 출생률이 낮은 대한민국에 살면서, 만약 운이 좋게도 손주가 태어난다면 얼마나 설렐까. 혹시 손주를 만나지 못한다 해도 어쩔 수 없는 일이다. 그때는 연습을 충분히 한 '이웃집 할머니'로, 주위에 외롭고 억울한 어린이는 없나 다정다감하게 살펴야지.

삶이 꼬일지라도
품위는 잃지 않기

책 만드는 편집자는 하나같이 집안 사정이 고만고만했다. (딱 책 읽기를 좋아할 만한 환경이랄까.) 비밀리에 취업한 재벌 손녀딸 같은 사람은 만나 보지 못했다. 그래서 색다른 분위기를 풍기는 신입 사원이 출근했을 때 자꾸만 눈길이 갔다. 나만 그런 줄 알았는데, 다른 사람들 의견도 엇비슷했다. 나중에 알고 보니 아버지가 (재벌가 아들은 아니지만) 유명한 패션 디자이너시란다. 자라는 동안 당연히 영향을 받았을 테고, 평범한 이들 틈에서 티가 날 수밖에. 아마도 걸치고 다니는 옷이라든지 소품 같은 차림새가 남달랐던 것 같다.

좋은 옷을 실컷 입어 봤겠다고 했더니, 그 후배는 언젠가 내게 말했다. 아버지한테 진짜 고마운 점은 따로 있다고. 그리 부유하지 않았고 자식이 여럿인데도, 주말이면 격조 높은 레스토랑 같은 데를 자주 데리고 다니셨단다. 아이들한테 차근차근 포크와 나이프 쓰는 법을 알려 주고, 품위 있게 식사하는 태도를 보여 주셨다나. 한마디로 아버지가 알고 있던 멋진 분위기와 매너를 몸소 자식들에게 전수하신 셈이다. (그러고 보니 나는 대학생이 되어서야 겨우 경양식 집에 처음 가 보질 않았나.) 그런 아버지를 두었으니 얼마나 운이 좋은가.

젊은 시절엔 후배가 갖춘 세련된 문화 경험이나 옷차림을 품위의 전부라고 여겼다. 나이 들고 다양한 인간 군상을 만나면서, 겉 꾸밈새는 지극히 일부분에 불과하다는 사실을 절로 깨달았다. 정한아의 소설 〈친밀한 이방인〉[6]을 드라마로 만든 〈안나〉에는 이런 장면이 나온다. 고상하고 값비싼 예술 작품을 취급하는 유명 아트 센터. 머리를 깔끔하게 빗어 넘기고, 한눈에도 부티 나는 옷을 걸친 대표. 어려운 책들이 줄줄이 벽을 장식하고, 근사한 그림이 걸린 방. 이만하면 '품위의 삼박자'가 딱 맞아떨어지지 않는가.

그런 멀쩡한 얼굴을 한 채, 자기 딸보다 어린 말단 비정규 직원에게 소리를 지른다. 일한 지 몇 달 만에 겨우 하루만 쉬고 싶다고 부탁하는데, "게으르고 멍청한 것들이 남들 하는 것 다 따라 한다"며 멸시한다. (대사에는 없지만) 곧바로 직원들 정면에 손가락질하면서 침을 튀길 인간형이다.

"이런 품위 없는 쓰레기들 같으니라고!"

그가 알고 있는 품위란 대체 뭘까. 번지르르한 외모라든가 하는 일을 보면 본인은 '한 품위' 한다고 착각하겠지만, 쉬쉬하는 직원들 눈에는 위장한 사기꾼일 뿐이다. 이솝 우화에 나오는, 공작새 깃털을 주워 붙인 까마귀 같다고 할까. 겉 차림과 언행이 따로 놀 때처럼 천박하고 가증스러운 것도 없다. 슈트를 말끔하게 차려입은 조폭과 뭐가 다른가.

품위는 겉모습이 아니라, 내면에 길러 온 인격을 표현하는 태도다. 타인을 배려하거나 약자를 존중하는 마음이다. 부끄러운 짓을 하지 않는 선택이며, 내 자존감을 무너뜨리지 않으려는 노력이다. 이런 미덕들이 방을 꾸미고 옷을 차려입는다고 쉽게 쌓이겠는가. 하루아침에 생기기 어렵고, 가짜로 만들어 내면 금세 탄로 난다. 타고난 환경이나 자라면서 보고 듣는 교육에 어느 정도 영향을 받는다. 그러나 무엇보다 스스로 깨달아서 갈고닦아, 저도 모르게 우러나는 결과물이다.

모든 주변 사정이 제대로 맞물려 돌아갈 때는 품위를 유지하기도 수월하다. 하지만 나이 들거나 몸이 아프거나 사는 형편이 나빠지면, 제일 먼저 달아나려고 드는 것이 품위다.

이미 아시는 분도 있겠지만, 아무 고난 없이 평탄하게만 이어지는 인생길은 없다. '나는 괜찮겠지' 자만하거나 안심하는 순간, 배신하듯 뒤통수를 친다. 만약 나이 들면서 뜻하지 않게 삶이 뒤틀어졌을 때, 남은 생의 의미를 어디에서 찾아야 할까. 금쪽처럼 여겨 온 삶의 자존감을 저버리지 않고, 꿋꿋이 지켜 갈 희망이 과연 있을까.

그 대답을 찾아보자는 의미로 미국 작가 에이모 토울스가 쓴 〈모스크바의 신사〉[7]를 다섯 권 넘게 산 것 같다. 한 권은 당연히 나를 위해 샀고, 나머지는 힘겨운 시간을 보내고 있는 지인들에게 응원차 선물했다. 무려 700쪽이 넘는 벽돌 소설이지만, 일단 손에 들면 잠시도 지루할 틈이 없다고 장담하면서.

러시아혁명 이후, 로스토프 백작은 평생 모스크바

의 한 호텔 밖으로 나갈 수 없는 종신 연금형을 선고 받았다. 그의 나이 겨우 서른세 살이었다. 고귀한 신분과 풍족한 재산을 모두 잃고, 죽음보다 더 가혹한 다락방 신세로 추락했다. 그럼에도 30년 넘는 긴 세월을 버티며 꼿꼿하고 너그럽게 지켜 낸 '품위의 정석'은 가히 신사의 교과서로 삼을 만하다. 나 같은 숙녀들도 가까이 두고 꺼내 보면 좋을 '교양 매뉴얼'이다.

몸이 갇힌 호텔 안에서조차 어떻게 사랑을 나누고 우정을 싹틔울 수 있는지, 그의 비법이 궁금하지 않은가.

인간은 자신의 환경을 지배하지 않으면, 그 환경에 지배당할 수밖에 없다.

자유의지로 품위를 지키고 무너지지 않으려 애쓰는 한, 어떤 가혹한 환경에서도 존엄한 존재로 살아 나갈 수 있음을 톡톡히 보여 준다.

어려울 때 곁에 남는 사람이 좋은 친구라고 했던가. 삶이 꼬였을 때 잃지 말아야 진정한 품위다. 친구를 의지해 재기할 수 있듯, 품위를 저버리지 말아야 남은 생의 의미를 찾을 수 있다. 책을 읽고 나서, 꼬여 버린 삶을 바로잡는 데 품위만큼이나 강력한 처방이 하나 더 있다는 교훈을 얻었다. 유머다. 어쩌면 유머란, 인간이 어려움에 빠졌을 때 내보일 수 있는 가장 고급 단계의 품위가 아닐까.

취향이 맞는
유유상종 모임 만들기

한 달에 한 번 약속 잡는 모임을 만들었다. 일로 만나는 회의가 아닌 오로지 친목 목적이니, 나로선 퍽 이례적이다. 50대 여성 네 명이 꼬박꼬박 얼굴을 보기 시작한 지 벌써 6년쯤 됐나. 소꿉친구나 학교 동창도 아니요, 같은 직장에 다녔던 선후배 사이다.

근무할 당시에는 썩 친한 사이도 아니었다. 나이나 직급이 달랐고, 각자 일하는 공간이 떨어져 있었다. 묘하지 않은가? 살갑게 지내지도 않던 옛 회사 동료들을 매달 만난다니. 가만 생각해 보면 몇 가지 이유를 들 수 있다.

회사에 다닌 세월이 겹쳐서, 서로 통하는 화제나 아는 인물이 많다. 다사다난했던 조직이 급류를 타면서

빠르게 성장하던 시기였다. 그 수레바퀴를 함께 돌렸다는 일종의 전우 의식을 품고 있는지도 모른다. 게다가 다들 살림과 육아를 어깨에 걸머지고 맹렬하게 살아온 엄마들이다. 동시대 일하는 여성으로서 겪는 경험과 고민을 나눌 수 있어 좋았다.

그런 비슷한 모임은 흔하지 않느냐고? 하긴 30년 된 대학 동창들과 만나서도 낄낄대며 옛 추억을 되새기곤 하니까. 예전 아이 학부모들과 만나 지치지 않고 수다를 떨 때도 있다. 하지만 자주 본다고 해 봤자 1년에 두어 번이다. 만나서 하는 일도 밥을 먹거나 술만 마시거나.

뭐니 뭐니 해도 우리 모임이(그러고 보니 아직까지 적당한 이름이 없네) 매달 지속되는 비결은 따로 있다. 네 멤버가 여전히 편집자의 정체성을 지녔다는 점이다. 다들 노안이 와서 돋보기를 써야 하지만, 우린 아직도 부지런히 책을 읽는다. 현직 출판사 대표도 있고 책을 낸 작가가 두 명이라, 기회 될 때마다 책을 싸 들고 와서 주고받는다.

책 읽는 사람이 매우 드문 요즘, 저자 근황이나 읽은 책 얘기를 자연스럽게 나누기가 쉽지 않다. 비록 읽지 않은 책이 화제에 올라도 걱정 없다. 우리끼리는 감을 잡고 찰떡같이 알아들으니까. (편집자들이야말로 안 읽은 책에 대해서도 얼마든지 떠들 수 있는 잡학다식과다.)

　새로운 콘텐츠나 흐름, 문화에도 마음이 활짝 열려 있다. 젊은 친구들에게 '꼰대' 소리를 들을까 봐 두렵기 때문이다. 게다가 아직까지 배우려는 호기심이 왕성하다. 출판이 아닌 다른 영역으로 진입했거나, 저마다 새로운 관심사를 추구해 나가는 중이다.

　그래서 아예 첫 모임부터 원칙을 정했다. 만나서 밥만 먹지 말고 좋은 문화 경험을 함께하자고. 모임이 흘러가는 원칙은 이렇다. 넷이 순서를 정해 놓고, 자기 차례가 올 때마다 '그날의 이벤트'를 추천하는 거다. (추천인은 사전 조사를 하고 가이드 역할을 맡는다.)

　특이한 예술 영화, 남들은 잘 모르는 전시, 핫한 뮤지컬이나 연극, 클래식과 대중음악 콘서트를 넘나들면서 매달 한 번씩 눈(귀) 호강을 한다. 내 경우엔 남편 또는 다른 친구들과 취향이 영 달라서, 혼자 가든지 그냥 포기해 버리는 행사가 많았다. 그런데 함께 즐길 뿐만 아니라 충실한 리뷰까지 주고받는 게 가능한 동료들이라니, 이보다 더 흡족할 수 있을까.

2020년에는 여기서 더 나아가 넷이 먼 데까지 가 보기로 계획을 짰다. 취향의 끝판왕이야말로 여행이 아니던가. 꼭 들르고 싶은 유럽의 네 도시를 골라 보름 가까이 지내다 올 예정이었다. 그 여행을 위해 꼬박꼬박 적금 붓듯 돈을 모으고 스케줄을 관리했다. 흑! 생각지도 못한 코로나 팬데믹이 방해할 줄 누가 알았으랴. 눈물을 머금고 기껏 예약해 놓은 모든 비행기 티켓과 숙박 일정을 취소해야만 했다. 박물관이며 미술관을 실컷 돌아다닐 생각에 잔뜩 기대를 품었는데.

아쉬웠지만 그 마음을 고이 접어 두고, 대신 코로나가 극성을 떨 때도 만남의 횟수를 줄이지 않았다. (네 명이라서 가능했다. 얼마나 완벽한 숫자인지!) 한택 식물원에 가고, 길상사를 둘러보고, 해설사와 함께하는 4대 궁궐 야행을 섭렵했다.

외국으로 나가지 못하니, 부지런히 국내 곳곳을 탐하는 기회로 삼았다. 강원도에 있는 '뮤지엄 산'의 명상 체험, 대웅전을 연상시키는 성공회의 '강화 성당', 부산 영도 마을에 있는 동네 책방 '손목서가'가 특히 기억에 남는다.

코로나가 물러가고 다시 비행기 길이 열렸다. 얼른

머리를 맞대고, 모아 둔 적금을 쓸 시간이 왔다. 3년 동안 비행기 꼬리조차 보지 못한 우리는 더 이상 '재고 따지고 주저하고 미룰 시간이 없다'는 데 마음을 모았다. 지금까지와는 완전히 다른 방식의 여행을 해 보겠다는 기대감에 차 있다. 제일 먼저 어디를 가 볼까.

이 멤버들과는 러시아 옛 수도 상트페테르부르크를 함께 거닐고 싶다. 도스토옙스키를 읽고 나면 그 도시가 궁금해질 수밖에 없으니까. 특히 대학생 라스콜리니코프가 탐욕스러운 고리대금업자 노파를 죽이고 경찰에 자백하기까지, 단 2주 동안 벌어진 비극에 홀딱 빠져 본 사람이라면 더더욱. (지명과 인명을 발음할 때 침이 튀기는 쇳소리에 예전부터 끌렸다.)

〈죄와 벌〉[8]은 1860년대 상트페테르부르크의 가난하고 지저분한 뒷골목을 공간적 배경으로 삼고 있다. 일종의 정신적인 상징물로서 기능한 도시의 거리를 직접 구석구석 걸어 봐야 우리의 독서가 완성되리라. 이삭 성당의 화려한 금빛 지붕 밑에 흐르는 시퍼런 네바강. 한편 불결하고 추악한 뒷골목으로 연결된 센나야 광장이 함께 있어, 인간만큼이나 이중적 면모를 드러낸다는 그 도시를 두 눈으로 확인하고 싶다.

우리 넷은 국립중앙박물관에서 열린 〈예르미타시

박물관전〉도 함께 봤다. 상트페테르부르크 네바 강변에 있다는 그 위풍당당한 겨울 궁전을 현지에서 본다면 얼마나 황홀할까. 코끝이 찡하도록 서늘한 공기를 맡으며, 위대한 러시아 문인들의 산실을 어슬렁거리는 상상만 해도 벌써부터 행복해 미칠 것만 같다. (그러니 제발 푸틴이여, 전쟁 끝내고 정신 좀 차려라.)

한 달에 한 번 붓는 '적금 리스트'는 다리에 힘 빠지는 날이 오기 전까지 계속 이어 갈 작정이다. 브론테 자매를 만나러 황량한 요크셔를 찾아가거나, 프라하 구시가지 광장에서 카프카의 흔적을 뒤져 봐도 좋겠다. 포르투갈행 비행기 티켓을 예약한다면, 덮어 두었던 페소아를 펼쳐 읽어야지. 책이든 영화든 〈리스본행 야간열차〉[9]를 찬찬히 들여다보는 건 필수다. 더 나이 들기 전에 헤밍웨이 책을 들고 멀리 쿠바까지 가 보자며 의기투합할지도 모른다.

너무 가깝지 않고 멀지도 않으면서, 한 달에 한 번쯤 꾸준히 이어 가는 사이. 만날 때마다 지적인 자극을 받아 쪼그라드는 호기심 풍선을 잔뜩 부풀리는 모임. 근사한 것을 함께 누리고 의미 있는 일에 힘을 모으면서, 서로의 성장을 응원하고 지켜보는 관계는 일종의 '도반'이라 하겠다. 이런 유유상종이야말로 노후의 널널한 자유와 시간을 진심으로 즐기게 해 줄 값진 재산이다. 말 통하고 마음 맞고 취향까지 비슷한 이를 알아봤다면 얼른 모임 멤버로 낚아채시오.

가난한 '마음'이
되지 않도록 애쓰기

서울 변두리 허름한 양옥 2층에 신혼살림을 차렸다. 전세금 3분의 1은 연애할 때부터 둘이 모으기 시작한 적금으로 해결했다. 3분의 1은 시어머니가 마련해 주셨지만 어차피 갚아야 할 돈이었다. 나머지는 은행 대출을 받았다. 결혼과 동시에 빚을 잔뜩 떠안은 셈이다. 얼마나 해맑은 새댁이었는지, 소고기 먹을 돈으로 돼지고기 사 먹으면 금세 갚겠거니 여겼다.

대기업 다니던 남편은 10년 만에 직장을 옮기며 퇴직금을 받았다. 우리 형편에 제법 큰돈이었다. 경영학을 전공한 사람답게 과감히 주식에 투자해 보겠다고 했다. 토끼가 새끼 낳듯 잘 불려 가는 줄 알았는데, 몇 년 만에 깡통 계좌가 됐다고 죽을상을 지었다. 푼돈까지 모아도 모자랄 판에 한 재산을 잃었다. 같이 잘 살자고 한 일이니 누구를 탓하지도 못했다.

아들이 여섯 살쯤 되었나, 은행 신용 팀에서 전화가 걸려 왔다. 나는 알지도 못하는 돈을 갚으란다. 은행 빚은 다 갚은 지가 언젠데 무슨 돈? 심장까지 새파랗게 질린 채 진상을 파악해 봤다. 남편이 카드 보증을 섰단다. 대학 선배가 부탁하기에 거절하기 어려웠다고 그제야 눈을 내리깔고 털어놨다. 사업이 잘되고 있으니 금방 갚는다고 했다나. 수소문을 해 봤지만 본인도 가족도 연락이 닿지 않았다.

때마침 일주일 정도 부부가 함께 외국 출장을 다녀온 날, 까무러치는 줄 알았다. 열쇠로 문을 열고 들어서는데, 집 안에 소위 분홍 딱지가 다닥다닥 붙어 있었다. 도대체 어떻게 문을 열고 주인 없는 빈집에 들어왔단 말인가. 우리가 해외에 있느라 전화를 받지 않자 은행에서 강제집행을 해 버린 것이다. 여기저기서 있는 돈, 없는 돈을 모두 끌어모아 '남의 빚'을 대신 갚았다. 어린 아들한테는 절대로 보여 주고 싶지 않은 살풍경이었으니까.

무수한 이사 끝에 맘에 드는 전셋집을 구했다. 새로 지은 빌라였고 집주인은 꼭대기 층에 살았다. 2년마다 전세금을 올려 주기만 하면 나가 달라고 할 일은 없을 것 같았다. 그럭저럭 이웃과 잘 지내며 2년쯤 살았나. 어느 날 흉흉한 소문이 들려왔다. 집이 통째로 경매에 넘어갔단다. 설마했는데, 집 관리 잘하라고 잔소리를 일삼던 꼿꼿한 집주인이 세입자들을 불러 모아 고개를 숙였다. 소문이 아니라 진담이었다.

많은 세대가 세 들어 살고 있었고, 보상 순서를 따지면 우리는 후순위였다. 지금껏 모아 놓은 재산을 다 날릴 판이었다. 세입자끼리 서로 의견이 갈렸고 한동안 목소리를 높이며 싸워 댔다. 우리는 변호사 친구가 해 준 조언을 믿기로 하고 막바지까지 조용히 견뎌 냈다. 한숨을 쉬느라 잠 못 이루는 밤이 이어졌다. 하늘이 도와서 다행히 전세금만은 지킬 수 있었다.

뼈에 아로새길 만큼 여러 번 경제적 난관을 겪고 나자 두 철부지는 아예 피켓을 들었다.

"앞으로 살면서 주식, 보증, 경매 '3대 악'은 쳐다보지도 말자!"

우리가 은행을 오가며 해 온 금융 활동이라곤 오로

지 '저축'뿐이다. 까치가 부지런히 나뭇가지를 물어다 쌓듯 월급을 모았다. 결혼 후 10년이 넘어서야 우리 집이 생겼고, 한번 둥지를 튼 후에는 이사를 한 적이 없다.

집 문제는 해결되었지만, 어느새 '노후'라는 새로운 국면으로 접어들었다. 큰돈을 모으진 못했어도, 빚 없이 먹고살 만해졌으니 안심해도 될까. 둘 다 곧 은퇴할 텐데 정기 수입이 없어도 괜찮을까. 아들은 성실하게 일하고 있지만 완전한 경제적 독립이 가능할까. 노후에 전개될 일은 하나같이 막연하기에, 생각할 때마다 왠지 모를 두려움이 송골송골 돋아난다.

가장 뜨겁고 아름다울 시기에 '3포'를 선택한다는 아들 세대가 가엾다. 우리 때와는 영 환경이 다르니, 어른으로서 현명한 조언을 해 주지 못해 부끄럽다. 낭비하지 말고 미래를 차곡차곡 준비하라고 해야 맞나. 금세 가 버리는 청춘을 실컷 누리라고 해야 하나.

다만 우리의 부끄러운 시행착오를 다 털어놓으면서까지 말해 줄 수 있는 진리는 하나다. 젊은이들에겐 고약한 실패를 겪어도, 다시 일어나 도전할 수 있는 '체력과 시간'이 충분하다. (우리를 봐라.) 그것만이 오직 젊음의 특권이다. 그러니 후회하지 않도록, 하고 싶은 일에 충실히 집중해 보라고 독려하련다.

오히려 퇴직 후에도 30여 년 이상 살아가야 할 우리 세대나 걱정하자. 심신이 허약해져서 안 그래도 서러울 나이에, 생존을 위해 육체노동을 찾아야 하는 상황까지 벌어질지 모른다.

〈임계장 이야기〉[10]를 읽으면서 충격 받았고 맘이 힘들었다. 멀쩡한 공기업에 30년이나 다니고 은퇴했지만, 60세 넘어 험한 일을 찾아 전전했다. 벌어 놓은 돈으로 어쩔 수 없이 자식들 결혼 비용과 학비를 대야만 했으니까. 그나마 남성 노인에겐 경비 같은 직업에 종사할 여지라도 있다. 반면 여성 노인이 할 수 있는 일이란 청소 또는 재활용품 수집이 고작이다. 동네마다 산더미처럼 실린 카트를 끌고 다니는 할머니들이 왜 그토록 많겠는가.

소준철 연구자는 저서 〈가난의 문법〉[11]을 통해, 우리 사회의 가장 가난하고 허약하며 위태로운 계층의 실태를 들여다본다. 엄마와 동년배인 1945년생 윤영자 할머니는 그 나이에 여전히 폐지를 줍고 산다. 평생 가난을 면치 못할 운명이라도 타고난 걸까.

모두가 처절한 사유를 가지고 있는 건 아니지만, 적어도 '가난한' 노인들은 비슷비슷한 이유들을 각기 갖고 있다. 영자 씨와 같은 여성들은, 젊은 시절에 자녀들의 진학과 생계를 위해, 나이가 들어서는 자녀들에 대한 지원과 남편의 투병으로 인해 열심히 벌었던 돈을 또 잃었다.

중년까지는 그럭저럭 아쉽지 않은 형편이었지만, 불의의 사고로 몸져누운 남편이 가난의 복병으로 변하고 말았다. 그렇다고 성장한 자식의 도움을 바랄 수도 없으니, 직접 처절한 생존 전선에 뛰어들 수밖에.

여기서 더 나아가 르포 문학 〈황 노인 실종사건〉[12]은 서울 변두리 사는 흔하디흔한 빈민 노인들의 삶을 관찰한다. 자식들이 제 앞가림하기도 힘들어서, 더 이상 부모를 부양하거나 돌보기 어려운 세상이 왔음을 냉철하게 묘사하고 있다.

똑같이 힘든 고령화사회를 맞았지만, 선진국에선 오랜 세월 이어온 사회의 안전망에 어느 정도 기댈 수 있다. 그에 비해 우리가 처한 노인 문제는 국가 차원의 대책도 없이 그저 '개인이 알아서 해결해야 할 일'로 전락하고 말았다.

독거노인, 치매, 고립사 같은 뜨거운 불똥이 당장 발등에 떨어지고 있는데도, 각자도생이나 외치면서 외로운 섬처럼 부유하는 사회는 공포 영화나 다름없다. 게다가 경제활동을 못하고 쓸모가 사라진 빈곤한 노인들에겐 더욱 무례하고 각박하게 구는 법이다.

그렇다고 무작정 두려워하거나, 두 손 놓고 한숨만 쉬고 있을 수는 없지. 지금으로선 개인 차원의 대책이라도 가능한 만큼 준비해 나가는 것이 최선이다. 당장 우리 집도 두 어머니가 '독거노인'으로 지내고 계신다. 두 분을 보니, 그나마 노후에 자식에게 폐를 덜 끼치고 불안을 떨치기 위해선 진작부터 돈 문제를 염두에 두어야 한다.

30년간 맞벌이를 하면서 실천한 재테크라곤 '남은 월급 저축하기'뿐이라, 돈벌이 분야에 대해선 '특별히 할 말 없음'이다. 숱하게 책을 읽으면서도 주식이니 투자니 하는 쪽은 전혀 관심을 두지 않았다. 아무래도 부자로 살기는 영 틀린 것 같지만, 최소한 가난해지지 않으려고 실천해 온 몇 가지 경제 원칙은 있다. 남들이 보면 시답지 않겠지만, 의외로 주위에 이런 기본을 놓치고 사는 이들이 많다.

첫째, 사치는 금물이다. 대신 '마땅히' 써야 할 때는 아끼지 않기.

둘째, 잘나가고 잘 벌 때일수록 자만하지 말아야 한다. 못 버는 날을 위해 대비하기.

셋째, 노년 준비를 잘하는 것이 정녕 자식을 위하는 길임을 확신하기.

넷째, 젊어서 좀 이른가 싶어도 '노후 연금'에 가입해 꾸준히 저축하기.

다섯째, 내 집은 자식에게 물려주는 것이 아니라 노후 자금으로 쓴다고 정해 놓기.

여섯째, 대도시에 사는 것이 각박해지면 언제든 지역으로 옮겨 갈 계획 짜기.

일곱째, 중요한 사항을 결정할 때, 생각보다 노년이 길어질 가능성 생각하기.

여덟째, 나에게나 남에게나 주머니 사정보다 마음이 먼저 가난해지지 않도록 애쓰기.

사실 이 여덟째 원칙이야말로 경제 차원에서 가장 어렵고, 잘 세워야 할 노후대책이라 본다.

2018년 국립중앙박물관에서 열린 〈예르미타시 박물관전〉.
홍보용 포스터에 대표 작품으로 실렸던 아름다운 여인
〈안나 오볼렌스카야의 초상〉 앞에서 오랫동안 머물렀다.

쫀득한 관계

내가 맺고 싶은 쫀득한 관계는

약한 사람들끼리 꼭 잡은 손이다.
가족에게는 때로 남처럼, 남에게는 종종 가족처럼 대하는 현명함이다.
부부이자 동지로 살면서 기쁨과 슬픔에 공감하는 능력이다.

검은 머리 파뿌리 될 때까지
공평하기

대학에서 경영학을 전공한 남편은 졸업하자마자 상사에 취직했다. 남들이 다 부러워하는 대기업이었다. 10년 넘게 잦은 야근에 술자리를 넘나들며 젊음과 열정을 바쳤다. 30대 중반에 돌연 사표를 내고 손바닥만 한 무역 회사로 옮기겠다고 했다. 말이 좋아 회사지, 알고 보니 남의 사무실 한쪽에 책상 하나 들고 세를 들었다나. 드라마 〈미생〉 속 인물들처럼 세계를 누비며 잘나가던 '상사맨'이 초라한 바닥부터 다시 일을 시작한 셈이다.

당시 아내인 나와 충분히 의논을 했던가? 잘 기억나지 않는 걸 보면 별 갈등이 없었나 보다. 하긴 어떤 경우에도 남편의 선택을 따르고 지지했으리라. 본인이 그런 결정을 내렸을 때는 합당한 이유가 있겠지. 그 결과 수입은 형편없이 줄었지만, 대신 남편은 '저녁과 주말이 있는 삶'을 얻었다. 게다가 한 직장에서 20년째 쉬지 않고 일한 '가늘고 긴' 성실함 덕분에, 아내인 나는 그나마 짬짬이 쉬었다. 겁 없이 퇴사하고 작가로 나선 것도 다 비빌 언덕이 있었기 때문이다.

가끔 재미난 상상을 해 본다. 만약 남편이 그대로 대기업에 남아 뼈를 갈아 넣으며 일했다면 어땠을까. 드라마에 종종 나오는 욕망의 화신처럼 끝 모를 성공 사다리를 추구했다면, 일찌감치 강남 고층 아파트로 갈아탔으려나? 그럼 나는 그깟 편집자 노릇을 진작에 때려치웠을까? 드레스 자락을 질질 끌면서 아침마다 넥타이나 골라 줬을지도 모를 일이다. (아무래도 재벌 드라마를 너무 봤네.)

그러니 얼마나 다행인가. 남편이 출세를 안 해 줘서 말이다. 가정이라는 사사롭고 복잡한 공동체가 별 무리 없이 잘 굴러가려면 누군가의 피치 못할 희생이 뒤따르는 법이다. 나라고 뾰족한 수가 있었을까. 저녁과 주말 없이 살벌하게 일하는 남편 대신 내가 더 많은 시간과

노동을 바쳐야 했겠지. 예민한 편집자의 자아는 금세 너덜너덜해져서, 위태롭게 저글링하던 세 개의 공 중에 가장 먼저 '일'부터 놓아 버렸을 게 뻔하다. 갑자기 세상의 온갖 책장에서 내가 만든 책들이 퐁퐁 사라지는 상상을 해 본다. (아무래도 SF 영화를 너무 봤네.)

물론 그런 선택을 하면서도 "왜 난데?" 부르짖으며 엄청 억울해했겠지. 새끼손가락 걸고 약속한 적은 없지만, 결혼하면서 우리는 무언의 합의를 한 것 같다. 남편과 아내 역할에 충실하기보다 공평하게 친구처럼 살아 보기로. 권위를 내세워 집안 분위기를 싸늘하게 만들곤 하던 비슷한 유의 아버지를 둔 '덕분'이다.

적어도 부모처럼 살고 싶지 않았다. 더욱이 우리 자식은 권위주의나 가부장이 뭔지 모른 채 자랐으면 싶었다. 그 마음은 우선 호칭으로 드러나, 단 한 번도 그 흔한 여보, 당신을 해 보지 않았다. 우리 부부는 지금도 서로를 (성까지 붙인) 이름으로 부른다.

둘 중 한 사람이 앞서 나가기 위해 다른 한 사람이 '희생'해야 한다는 개념은 애초에 씨알도 먹히지 않았다. 일부러 2인용 탠덤 자전거를 선택한 사람들 같다고 할까. 속도는 느리지만, 같이 페달을 돌리니 둘 다 힘이 덜 들었다. 남편이 먼저 앞자리 핸들을 잡긴 했어도 힘들면 언제든 자리를 바꿀 수 있다고 여겼다. 탠덤의 가장 큰 장점이 뭔가. 함께 땀 흘리며 언덕을 오르고, 내리막의 멋진 풍경도 같이 만끽하는 동지 의식이다. 책임도 나누고 권리도 나누는.

그러다 보니 선의의 라이벌 같은 감정이 들 때도 많았다. 저질 체력이던 내 처지에 말도 안 되는 철인삼종을 하겠다고 달려든 데도 실은 그런 면이 적잖이 작용했다. 남편이 대회에 출전할 때마다 꼬박꼬박 따라다니며 응원을 보냈다. 차츰 강해지면서 멋진 남자로 거듭나는 모습이 보기 좋으면서도, 반비례해서 가만히 앉아 기다리기만 하는 내 자리가 점점 맘에 안 들었다. '형수님'이나 '제수씨'로만 불리는 인간관계도 싫었다. 비록 꼴찌를 하거나 길 위에서 뛰다가 쓰러진다 해도, 그 무리에 똑같은 자격으로 끼고 싶었다.

남편 혼자 거대한 나무로 쑥쑥 자랄 때, 그 그늘에서 지켜보는 아내의 솔직한 내면은 어떨까. 소설 〈더 와이프〉[13]를 읽으면서, 처음엔 조안 캐슬먼도 나랑 비슷한 마음일 거라 짐작했다. 수십 년간 유명 작가인 남편과 동행하며, 취재하고 소설을 낭독하고 상을 받는 모습을 옆에서 지켜본 충실한 아내. 그런데 왜 하필이면 남편이 가장 큰 성공을 차지한 순간 이혼을 결심했을까. 거들먹거리는 남편을 그림자처럼 따라다니며 온갖 수발을 맡아 온 아내 역할이 지겨워졌나.

큰 문학상을 받으며 "아내가 없었다면 나는 오늘 밤 이 자리에 서 있지 못했을 것"이라고 능청스럽게 털어놓는 수상 소감이야말로, 메타포로 가득한 그의 진심이다. 조와 조안의 부부 관계는 '거짓과 불평등과 희생'으로 쌓아 온 사상누각이었다. 부부 중 한쪽이 대단한 영광과 성공에 다다랐다 해도, 기울어진 모래성이란 끝내 무너질 수밖에 없는 법.

〈더 와이프〉만큼은 책보다 영화를 먼저 봐도 좋을 듯하다. 특히 조안 역을 맡은 글렌 클로즈는 '킹메이커'로 살아온 아내의 헌신을 부각하면서도, 남몰래 미움과 질투로 이글거리는 두 겹의 눈빛을 열연한다. 주위 사람들이나 관객이 다들 깜박 속을 정도로.

반면 실존 인물로 서로에게 자리를 내주면서 함께 거목으로 성장한 부부도 있다. 나는 대번에 헬렌 니어링과 스콧 니어링을 떠올린다. 두 사람은 만남에서부터 반세기 동안의 결혼 생활, 그리고 평생 짝이었던 한

사람의 죽음을 지켜보는 과정까지, 지극히 공평하고
조화로웠다. 헬렌 니어링이 쓴 〈아름다운 삶, 사랑 그
리고 마무리〉[14]는 동지애를 키워 가는 부부 생활의 지
침서로 삼으면 좋다. 그뿐만 아니라 현명한 '나이 듦의
교본'으로도 부족하지 않다. (물론 스무 살 넘는 부부의 나
이 차도 한몫했다고 본다만.)

　결혼하는 자리에서 눈에 콩깍지가 씌인 신랑 신부
는 '검은 머리가 파뿌리 될 때까지' 사랑하겠다고 맹세
한다. 나이 들어가는 부부에게, 유효 기간이 짧은 사랑
이나 열정보다 더 필요한 건 '공평'하게 살겠다는 마음
가짐이다.
　똑같이 짐을 나눠 진 채 앞서거니 뒤서거니 산에 올
라 정상에 있는 과실수의 열매를 함께 따 먹으며 웃는
것. 어쩌면 그런 의미를 담아 만든 단어가 '부부'라는 생
각도 든다. 똑같이 남편도 부, 아내도 부니까. 다만 부
부의 평등 감성을 키우려면 검은 머리일 때부터 일찌감
치 시작해야 한다. 파뿌리 돼서 하기엔 어렵다. 너무 늦
는다.

한집에 사는 가족과
눈치껏 잘 지내기

높은 공직에서 일하다 물러난, 나이 지긋한 여성을 만났다. 과천 변두리의 주택에서 한적하게 살고 있단다. 남편과 성장한 아들, 그렇게 단출한 세 식구였다. 은퇴한 부부는 주로 집에 머물며 텃밭을 가꾸거나 글을 썼다. 프리랜서인 아들도 따로 사무실을 두지 않고 자기 방에서 일한다고 했다.

"그럼 밥은요?"

살림에 관심 없고 요리에 취미 없는 나는 그 문제가 가장 궁금했다. 나뿐만 아니라 주부로 살면서 집안일을 맡아 온 여성이라면 역시 같은 질문부터 하지 않을까. (때 맞춰 밥하는 일이 가장 힘들다. 혹시 나만 그런가.)

"셋이서 번갈아 준비해요. 아들이 아침에 샌드위치

를 만들고, 남편은 점심을 맡고, 나는 주로 저녁상을 차리지. 직접 요리하거나 시켜 먹든지, 각자 사정과 재량에 따라서."

아하! 그런 방법이 있었네. 하루 한 끼만 책임지고 두 끼는 얻어먹기. 그 정도면 누구에게도 큰 부담이 되지 않고 공평해 보인다. 성인들이 평화롭게 한집에 살려면 식구끼리도 지켜야 할 룰이 있어야겠구나.

고개를 주억거리면서도 당시엔 귓등으로 스쳐 들었다. 겨우 중학생 아들을 두고 있던 처지라 그다지 실감 나지 않았기 때문이다. 부부가 정년퇴직을 하려면 아직 먼 일이었다. 아들은 대학생이 되자마자 독립해서 다 같이 한집에 비비고 사는 일도 없을 터였다.

그 후로 10여 년이 훌쩍 흘렀다. 천년만년 회사에 다닐 줄 알았던 나는 출퇴근을 관둔 지 8년이 되어 간다. 집 거실을 내 놀이터이자 작업실로 삼았다. 여전히 회사에 다니는 남편은 내가 부러운 나머지, 월요일마다 출근하기 싫다며 노래를 부른다. 자의 반 타의 반으로 언제든 퇴직해도 어색하지 않을 나이다.

지방 대학에 다니고 군대를 다녀오느라 몇 년간 밖에 나가서 살던 아들은 다시 집으로 돌아왔다. 눈치를 보아하니 쉽게 자기 방을 뺄 기미가 보이지 않는다. 아침에 출근했다가 저녁에나 들어오는, 월급 적은 하숙생 신세라서 이해는 간다. 언젠가 프리랜서로 전환하면 나처럼 집에 머물며 작업할 수도 있겠다. 결혼을 할지 안 할지는 본인조차 미지수인 듯하다.

그렇다면 우리도 어른 셋, 은퇴한 부모와 성인 아들이 30여 평 공간에서 계속 살지도 모른다. 아니, 이미 진행 중이라고 봐도 무방하다. 남의 일로만 여겼던 21세기형 캥거루족 라이프스타일이 내 얘기가 될 줄이야.

지금이야 두 사람 다 아침 일찍 나가기에, 하루 종일 집은 내 차지다. 내 끼니만 알아서 때우면 되니 별 불만이 없다. 하지만 머지않아 사정이 바뀌어 퇴직한 남편과 프리랜서 아들이 다 같이 집에 머문다면 어떤 상황이 벌어질까.

급작스럽게 창궐한 코로나로 뜻하지 않게 '14일간' 예행연습을 해 봤다. 평상시 같으면 부부는 밖으로 뛰쳐나가 운동을 하거나 친구들과 놀다 올 테니 뭐가 문제겠는가. '집콕'이 더 행복한 아들 또한 빈집에서 혼자만의 평화를 누렸겠지.

하지만 여행도, 외출도, 만남도 자제하라는 팬데믹

세상에선 식구끼리 좁은 집에서 복닥복닥 얼굴을 맞대고 지내야만 했다. 만약 부부 사이가 좋지 않다면, 부모 자식 관계가 편치 않다면, 숨 막히는 시간을 어찌 견뎌 내겠는가. 지옥이 따로 없다.

성인 자식과 함께 지내는 집이 아늑하고 살가운 쉼터가 되려면, 예전 살던 방식과는 달라져야 한다. 부부끼리 그리고 부모 자식끼리 서로 입장을 헤아리며, 눈치껏 배려하는 마음가짐이 필요하다. 마스다 미리가 그린 만화책 〈평균 연령 60세 사와무라 씨 댁의 이런 하루〉[15]는 좋은 지침서가 된다.

오랫동안 성실히 다닌 직장에서 은퇴한 70세 남편 사와무라 시로. 69세 아내 노리에는 요리며 뜨개질을 잘하는 살림꾼이다. 마흔 살 외동딸 히토미는 여전히 자기 방에 머물며 회사에 다닌다. 어느새 평균 연령 60세가 되어 버린 세 식구. (맨 끝 장에는 우리 모두 반가워할 깜짝 손님이 등장한다.)

남편 시로는 일부러 일을 만들어 회사에 다닐 때처럼 부지런히 집에서 나간다. 도서관에 가고, 책방에 들르고, 친구들을 만나고, 동네 헬스클럽에 다닌다. 집에 머무는 아내에게 시간과 자유를 주기 위한 배려다. 때때로 아내에게 잔소리하고 싶지만 꾹 삼키곤 한다.

아내 노리에의 맘과 역할은 훨씬 더 복잡하다. 은퇴한 남편 기를 살려 주고, 독신인 딸의 히스테리도 받아 줘야 한다. 딸이 결혼했으면 하고 간절히 바라다가도, 가족이 계속 함께 살 수 있어 좋다는 생각에 흠칫 고개를 젓는다. 그 마음을 왜 모를까. 히토미 없이 노인 둘만 사는 집은 '앙꼬' 빠진 밀가루 덩어리 같을 텐데.

청춘을 보내 버린 딸 히토미는 과연 같이 살아갈 짝을 찾을 수 있을까. 딸은 하루하루 늙어 가는 부모가 안쓰럽고, 부모는 세상에 혼자 남겨질 딸이 측은하다. 그런데도 마냥 쓸쓸하거나 슬프지 않고, 매번 테마가 끝날 때마다 슬며시 웃게 만드는 반전이 있다. 그런 재주를 지닌 작가가 바로 마스다 미리 아니겠는가. 쓱쓱 눈감고 대충 그린 것 같은 만화지만, 그의 팬이라면 알고도 남는다. 눈썹이나 눈 모양 하나만으로 얼마나 풍부하게 감정을 표현하는지.

우리보다 먼저 고령화와 비혼 세대를 경험한 일본인 가정의 평범한 일상을 자연스럽게 엿볼 수 있다. 꼭 10여 년 후 우리 집 풍경을 미리 보는 것 같아 마음이 짠하기도 하다. 맛있는 음식을 나눠 먹고, 옛 추억을 공유하며, 서로를 애틋하게 여길 때, 오래 묵은 가족은 가장 편안해 보인다.

일본 사람들도 이 가족 얘기를 엄청 좋아하나 보다. 〈평균 연령 60세 사와무라 씨 댁〉 시리즈는 벌써 다섯 권이나 나왔다. 나는 일부러 일본어판 원서로 모아 두었다. 천천히 쉬엄쉬엄 아껴서 읽을 노년의 양식이다. 우리 집을 지옥이 아닌 천국으로 만들 노후대책이기도 하다. 하도 얼굴이 익숙해져서, 어느 날은 옆집 아저씨가 사와무라 씨처럼 보일 수도 있겠다.

여성들과 단단한 우정을
이어가기

"난 이상하게 남자들이랑 더 죽이 잘 맞더라."

젊은 시절엔 호기롭게 잘난 척을 했다. 남성 비율이 유독 높은 고등학교와 대학을 나와서 그랬나. 결혼한 후 남편 동료나 친구와도 허물없이 잘 어울렸다. 거친 운동을 시작한 뒤로는 '남사친'이 더 많이 생겼다. 괜한 질투라든가 묘한 신경전에 에너지를 낭비하지 않아 좋았다.

이런! 살아 보니 순 헛똑똑이였다. 나이 들어 갈수록 쿨하거나 대범한 관계 따위는 필요 없다. 시시콜콜하고, 자질구레하며, 사소한 관심이 절실해진다. 세세한 행사를 챙기고, 별것 아닌 변화를 알아보는 매의 시선. 서로 감탄하고 아쉬워하고 칭찬해 주는 도타운 수

다. 그거야말로 죄다 여성들의 전매특허 아닌가. 엄마
와 딸, 언니와 여동생, 여자 선후배와 친구들끼리 공유
하는 잔잔한 진동이랄까.

불행하게도 내겐 자매나 딸이 없다. 아무리 자상한
남편과 아들이 곁에 있으면 뭐 하나. 채워지지 않는 빈
틈이 많다. 그들은 내 머리 스타일이 바뀐 것을 알아차
리지 못한다.(알아차렸다 해도 별 의견이 없다.) 한잔 커피
와 디저트만으로 몇 시간이고 수다 떠는 재미를 모른
다. 같은 영화나 드라마를 보고 나서도 여자들은 뻔히
느끼는 섬세한 기류를 공감하지 못한다. 그러니 내 노
후가 얼마나 삭막할지 불을 보듯 뻔하다!

혹시나 쓸쓸해지지 않도록 대비할 수 있는 방법은
없을까. 있다! 당연히 있다! 여자 친구나 선후배가 있
지 않은가. 많은 여성과 거미줄처럼 관계의 망을 짜 놓
으면 된다. 물론 그것만으로는 어림도 없다. 그물코가
점점 가깝고 두꺼워지도록 관심과 우정의 시간을 촘촘
히 붙여 나가야 한다.

그러려면 어떻게 해야 할까? 기본 전제는 자주 만나
야 한다는 것이다. 대학에 입학하자마자 눈이 맞은 여
자 친구들이 있다. 당시엔 하루라도 얼굴을 안 보면 죽

고 못 살 것 같았다. 졸업할 때까지 서로의 일상은 물론, 엎치락뒤치락하던 비밀스러운 연애사까지 죄다 공유했다. 애인이 생기면 반드시 친구들 앞에 선을 보여, 싹수를 점치는 절차부터 밟곤 했다. 그러나 각자 취업하고 결혼하고 아이를 낳으면서 만나는 횟수가 점점 뜸해지고 말았다.

결정적으로 서울을 뜨거나 번갈아 외국에 나가 사는 친구들이 생겼다. 1년에 한 번조차 모이지 못하는 아쉬운 시간이 훌쩍 가 버렸다. 다 모이지 못하더라도 정기적으로 만남을 이어 가야 했는데. 뭘 같이 배우든가, 독서 모임을 하든가, 하다못해 생일 파티라도 했다면. 그럼 적어도 1년에 대여섯 번은 꼬박꼬박 얼굴을 봤을 게 아닌가.

소설 〈J.M. 배리 여성수영클럽〉[16]은 '여성 모임, 어떻게 하는지 볼래?' 자랑하듯 시범을 보인다. 우선 (검색해 보지 말고) J.M. 배리가 누군지 아시는 분? 그 유명한 〈피터 팬〉[17]을 쓴 작가다. 나도 미처 작가까지는 기억하지 못하다가 이 책 덕분에 이름을 외우게 되었다.

분명 로맨스 소설이지만, 주인공인 젊은 남녀의 연애사는 점점 뒷전이 된다. 대신 50년 넘게 은밀한 야외 연못에서 얼음이 둥둥 뜬 한겨울에도 날마다 수영을 즐기는 다섯 명의 할머니한테 푹 빠져들고 만다.

평소 할머니도 충분히 할 수 있는 좋은 운동으로 여성들에게 '수영'을 강추해 왔다. 그러면서도 오픈 워터를 할 때마다 여전히 무서웠다. 더군다나 '북극곰 수영' 같은 건 죽었다 깨어나도 할 맘이 없었다. 그런데 책을 읽는 동안 점점 야외 수영의 매력에 넘어가서 슬쩍 고개를 갸웃거렸다.

'나이 든 할머니들도 하는데 나도 한번 해 봐?'

할머니들은 1년에 다섯 번, 연못가 오두막에 모여 종이로 만든 왕관을 쓰고 생일 파티를 한다. 처음엔 귀찮은 남편들을 따돌리려고 밖에서 모였지만, 이제는 없어서는 안 될 중요한 의식이 되었다. 맛있는 음식을 해 먹고, 특별한 선물을 주고받고, 좋아하는 음악을 들으면서 한가롭게 멋진 밤을 보낸다. 꼬부랑 할머니라도 같이 즐길 여자 친구들만 있다면 세상에 부러울 게 없을 것 같다. 그들이 하는 건배사 좀 들어 보시라.

늙는 건 특권이야! 모두에게 노년을 누릴 행운이 주어지지는 않아.

2022년에 방영한 드라마 〈서른, 아홉〉에 나오는 세 친구를 보면서 나도 느끼는 바가 많았다. 친구란, 특히 진실한 여자 친구란 '만나면 좋고, 못 만나면 할 수 없는' 관계가 아니다. 어려움이 생기면 최선을 다해 헌신하고, 일부러 시간을 내서 함께하고, 두려울 때라도 의리를 지키는 사이다. 내게 그런 친구가 있는지, 아니난 누군가에게 그런 친구인지 가슴을 헤쳐 봤다. 부끄러움으로 얼굴이 빨개졌다. 하지만 지금이야말로 나의 인생 모토를 부르짖을 때다.

"Never too late(지금도 늦지 않았다고)!"

그렇게 생각하니 마음이 급해졌다. 코로나 시국임에도 대학 친구들을 불러 모아 10년 만에 여행을 다녀왔다. 한창 젊을 때처럼 오랜만에 우리는 한 방에서 뒹굴었다. 틈만 나면 배를 잡고 깔깔거렸다. 누구 하나 고집 피우는 일 없이 서로 배려하며 신경을 썼다. 지금껏 각자 삶을 잘 꾸려 왔으니 다시 중년의 우정을 키워 나가자, 친구들아.

이래 봬도 진작부터 던져 놓은 그물망이 꽤 있다. 토요일 아침마다 배드민턴을 치고 난 뒤, 맛있게 밥을 먹으며 안부를 묻는 운동 친구들. 무슨 일이 생길 때마다 우르르 모여서 챙기고 응원해 주는 옛 직장 선후배들.

게다가 작가가 된 뒤로 비할 바 없이 멋진 인연들이 생겨났다. 내 글을 읽어 주고 내 말에 귀 기울여 주는 다정한 편집자들. 먼 길 마다 않고 내 얼굴 보러 달려오거나 가슴 설레게 안부를 묻는 여성 독자들. (급기야 팬클럽 회장까지 생겼다.) 뭐야, 그러고 보니 내 주위에 온통 여자들 천지잖아. 아마도 자매와 딸 없는 내가 외롭지 말라고 뒤늦게 하늘이 보내 준 선물인가 보다.

젊은이와 스스럼없이
생각 나누기

평소엔 나이를 잊고 살다가, 모임이나 회의에 참석할 때마다 흠칫 놀란다. 내가 제일 나이 많은 축에 들기 때문이다. 어떻게 아냐고? 굳이 주민증을 까 볼 필요도 없다. 동석한 젊은이들이 말을 걸기 어려워한다. 처음엔 이상했고 나중엔 섭섭했다.

'아니, 나만큼 말 잘 통하는 사람이 어디 있다고?'

꼰대처럼 굴 생각은 개털만큼도 없다고 자부한다. 나이 차이는 좀 나더라도 친구 먹을 수준은 되지 않나?

친구는 무슨, 꿈 깨라. 얼굴에 미소를 한가득 지어도, 선물 보따리를 안겨 줘도 소용없다. 내가 그들만 한 나이였을 때를 돌아봐라. 작가 선생님이라 무조건 어렵고, 나이 든 어른이라 도무지 편하지 않다. 차라리 현

실을 냉정하게 받아들이고 흔쾌히 인정하는 태도가 낫
다. 그래! 나, 나이 많다! 대신 나이테의 현명함과 농익
은 유머, 은근한 포용력을 갖춘 어른으로 다가서는 방
법을 터득해야 한다. 젊어지려고 애쓰기보다(안 젊어진
다), 나이 든 사람이 보일 법한 구태의연함에서 벗어나
려는 마음가짐이 먼저다.

그러려면 우선 젊은 친구들이 반짝이는 눈빛으로
접근하게 만들어야 하는데, 무슨 수로?
때마침 연극 〈해롤드와 모드〉를 봤다. 백발 할머
니 모드의 가벼운 몸놀림, 정확하고 묵직한 발성, 사랑
스러운 표정에 넋을 빼앗겼다. 젊은 여성이 분장한 거
라면 말도 안 한다. 실제 나이 80세 박정자 선생의 마지
막 열연이었다.
도무지 세상에 적응하지 못해 자살을 꿈꾸는 청년
해롤드에게, 모드는 일부러 주책바가지처럼 다가가 마
음을 열어젖힌다. 얼마든지 남들과 다르게 살 수 있다
고, 더 나아가 살아 숨 쉬는 것 자체가 얼마나 아름다운
축복인지 '몸소' 보여 준다. 이 얼마나 재미나고 현명한
어른이냐.

18년간 변함없이 무대 위에서 발산해 온 에너지가 놀랍다. 한 달 가까이 매일 지속되는 공연은 젊은이한 테도 중노동이다. 당연히 더블 캐스팅도 없었다. (누가 박정자 배우를 대신할까.) 수많은 대사를 외우고 까먹지 않는 기억력은 경이로울 지경이다. (같이 연극을 보러 간 당시 70대 후반이던 엄마는 부끄럽다며, 급반성 '모드'에 들어 갔다.)

그동안 호흡을 맞춰 온 젊은 배우나 스태프에게, 선생은 무대 밖에서도 자연스레 모드로 살아온 셈이다. 나이 든 선배가 꾸준히 자기 관리를 하면서 최선을 다해 본인 자리를 지키는 일. 그것만으로도 젊은이들에 겐 무조건 다가서고 싶은 매력 덩어리로 보이지 않을까. 빛나는 오라에 묻혀 백발도 주름살도 보이지 않을 것 같다.

성공한 어르신들이 흔히 장착하는 허세나 과장, 권위주의를 내다 버려야 한다. 범처럼 입을 꾹 다문 채 '너처럼 비린내 나는 하룻강아지랑 말을 섞겠냐'라는 태도라면 누가 다가오겠나. 반대로, 틈만 나면 '라떼'를 주문하면서 본인 자랑만 쏟아 놓는다면 그때부턴 젊은이들이 입을 싹 다문다. 그럼 어떻게 처신해야 하냐고?

　　단 한 권의 책으로 유명해진 작가가 있다. 〈네루다의 우편배달부〉[18]는 칠레에서 태어난 안토니오 스카르메타가 1985년에 발표한 소설이다. 이름 없는 까마득한 후배 문인들과도 스스럼없이 대화를 나누던 네루다를 보며 소설의 영감을 받았다고 한다.

　　대통령 후보로 추대받고 노벨 문학상까지 거머쥘 대시인이, 어촌 구석에서 우편배달부로 일하는 청년과 사사로운 대화를 나누기 시작한다. '시'가 뭔지도 모르는 열일곱 살 청년의 호기심을 무시하거나 귀찮게 여기지 않는다. 두 사람이 가까워질수록 '시란 무엇인가'에 차근차근 접근해 가는데, 대학에서 가르치는 웬만한 '시론'보다 훨씬 재밌고 쉽다.

　　특히 해학 가득한 '메타포'를 주거니 받거니 나누는 대화 방식이 이 책의 백미라 하겠다. 예를 들면 어느 누가 '유물론자'를 이토록 직관적으로 설명하겠는가.

　　장미와 통닭 중에서 하나를 골라야 할 때 항상 통닭을 집는 사람이죠.

　　나이 든 대시인과 철없는 우편배달부의 우정은 소박하고 친근하기만 하다. 둘 사이에는 계급이나 지위에 따른 위화감이 전혀 없다. 처음 만난 순간부터 네루다는, 시를 읽고 시를 알아 가고 시에 영향받아 성장해 가는 한 인간으로서 마리오를 대할 뿐이다.

한편 자기도 모르는 사이에 시인이 되어 버린 마리오는 네루다의 생과 죽음을 지켜보며 깨닫는다. 시란 그저 입으로만 나불대는 번드르르한 말이 아니었구나. 일상생활이고 생각의 실천이며 삶의 정수였구나.

두 사람 사이엔 '시'라는 징검다리가 있었다. 서로 관심을 둔 화제가 있고, 누구에게나 배우고 누구나 가르칠 수 있다는 열린 자세라면, 젊은이와도 속 깊은 관계를 맺는 게 가능할 듯하다.

이 원작 소설과 우열을 가릴 수 없을 만큼 좋았던 영화가 바로 〈일 포스티노〉다. 영화 속 마리오는 슬픈 시처럼 쇠약하고 깡말라 보였다. 그 역을 맡은 배우 마시모 트로이시는 불치의 병에 걸린 상태로 끝까지 열연했다고 한다. 촬영이 모두 끝나고 12시간 후에 숨을 거두었다니, 영화 자체가 이 세상을 향해 마지막으로 읊조린 시 한 편이 아닌가.

마리오가 낡은 자전거를 타고 한적한 바닷가를 돌아다니는 장면에 혹해서, 남편과 나는 한동안 엉뚱한

꿈을 키웠다. 퇴직하면 둘 다 시골 우체국에 취직해서
편지를 배달하자고.

인생의 연륜을 갖춘 어른이 막막한 세상살이에 대해
묻는 젊은이와 시를 매개로 생각을 주고받은 책이 또 있
다. 미국 사는 마종기 시인과 가수 루시드 폴이 편지로
나눈 〈아주 사적인, 긴 만남〉[19]이다. 팬심을 잔뜩 품은
젊은 편집자들(나 포함)은 두 사람의 대화가 하도 다정
해서 책 만드는 내내 가슴이 벅찼노라고 고백했다.

범접하기 어려운 경지에 오른 어른이, 젊은이와 허
물없이 생각을 나눈 책으로 〈수리부엉이는 황혼에 날
아오른다〉[20]도 좋았다. 대작가 무라카미 하루키와 그
의 오랜 팬이자 신진 작가 가와카미 미에코가 나눈 대담
집이다. 인터뷰를 읽다 보면, 글 쓰는 하루키보다 생각
을 말로 전하는 그가 훨씬 더 대단해 보인다. 솔직한 마
음과 진지한 태도를 견지하면서도 유쾌한 유머를 던지
며 가볍게 치고 빠지는 대화의 기술을 전수받고 싶다.

또래 사람들과 만나 소통하면 편하고 좋은데, 왜 굳
이 말 섞기도 어색한 젊은이들을 만나려고 기를 쓰냐
고? 모르는 소리 하지 마라. 시어머니도 경로당에 노인

들끼리 있으면 재미가 하나도 없단다. 젊은 복지사나 레크리에이션 강사라도 와야 바깥세상 얘기도 듣고 웃을 일이 생긴다나. 마찬가지다. 자꾸 젊은이들과 만나야 자극받고, 과거에 안주하지 않는다. 그들이 같이 놀자고 불러 주면 만사 제치고 뛰어나갈 일이다.

뒤늦게 찾아온 '모험'을
놓치지 말기

남편과 결혼하면서 장난처럼 두 가지 약속을 했다. '사랑하는 마음 영원히 변치 말자'고? 설마! 그런 지키지도 못할 허황된 맹세를 했을 리가 있나. 30년 함께 살아 보니 사랑의 고갱이는 남아 있어도, 감정의 빛깔이나 모양은 달라지기 마련이다. 굳이 슬퍼하거나 속상해할 일만은 아니라고 본다. 열정 대신 추억, 공감, 자유, 배려 같은 것이 빈틈을 메우니까.

　그럼 '상대방이 먼저 죽어도 재혼 따위는 하지 않는다'? 아서라, 말아라. 농담이라도 입에 담지 말자. 한 치 앞을 내다보지 못하는 존재가 인간이다. 그런 약속을 했다가, 입을 쏙 파내고 싶은 순간이 찾아올지 어떻게 알겠는가.

우리가 한 약속은 신혼 때 세트로 구입한 하얀 접시처럼 평범하고 단순했다. 신혼 당시엔 지키기도 퍽이나 쉬웠다. 하나, 싸워도 잠만은 한 침대에서 같이 자기. (말 그대로 순수하게 '자기'다.) 다른 하나는 싸워도 집을 뛰쳐나가지 않기. 왜 그토록 웃긴 약속을 했는지 기원은 기억나지 않는다.

얼굴만 들여다봐도 웃음이 나던 시절은 목련꽃 뚝뚝 떨어지듯 지나갔다. 머리 뚜껑이 열려 결혼이고 가정이고 다 때려치우고 싶은 순간이 종종 들이닥쳤다. 한데 액자로 만들어 벽에 붙여 놓지도 않은 두 가지 약속은 구속력이 꽤 강했다. 그걸 깨는 즉시 "그랫! 이혼햇!" 소리가 대번에 튀어나올 것만 같았다.

상상해 봐라. 밤이 내린 왕궁 성문처럼 입을 꾹 닫아 버린 성난 부부가 한 침대에서 자는 모습을. 혹시라도 우리는 몸이 닿을까 봐 칼날같이 등을 세웠다. 긴장을 늦추지 않고 자서 그랬나, 아침이면 온몸이 무지근했다.

분노가 치솟으면 상대 급소를 손톱으로 후벼 파듯 돌직구를 내뱉고, 문을 쾅 닫으며 나가고 싶은 유혹이 얼마나 강렬했겠는가. 그럴 때라도 우리는 약속을 깨

지 않았다. 정말 끝낼 작정이 아니라면 집을 나간 사람
이 손해 아닌가. 아무 일도 없었다는 듯이 다시 집으로
기어 들어올 뻔뻔함이 둘 다 없었다. 그래서 좁아터진
집 안에서 동선을 피해 가며 꾸역꾸역 화를 달랬다.

'한 고집' 하는 부부가 30년이나 헤어지지 않고 살아
가는 데는 그 약속 덕을 본 것 같다. 잠을 같이 자다 보면
결국엔 살얼음이 녹을 수밖에 없다. 싸우고 난 뒤에도
한 공간에서 밥을 먹다 보면, 눈물을 쏟거나 분노를 되
새김질할 여유가 없다. 어찌 보면 현명하고, 어찌 보면
인내심 하난 끝내주는 미련 곰탱이 부부가 따로 없다.

최근 들어 문제가 하나 생겼다. 50대에 접어들면서
갱년기 증상인가, 생각지도 못했던 불면증이 찾아왔
다. 침대 맡에 책을 쌓아 놓고 무수히 책장을 넘겨도 정
신은 또렷해지기만 한다. 머리가 땅에 닿는 순간, 어떤
환경에서도 10분 안에 잠들어 버리는 남편의 유전자가
얼마나 야속하던지.

특히 술을 마시고 들어온 날은 시끄럽기 그지없다.
무호흡증과 코골이를 반복하며 난리 블루스를 춘다.
그 탓에 들까 말까 망설이던 내 잠의 요정은 뒤도 안 돌
아보고 달아난다. 새벽을 넘겨 간신히 몽롱해질 찰나,

두꺼운 허벅지를 턱 얹어 올 때는 정말이지 침대에서 굴려 밀어내고 싶다.

서양의 우아한 부부들처럼 싱글 침대 두 개를 나란히 놨어야 하는데. 내 수면의 양질을 위해 고민하다가도 이내 마음을 접곤 한다. 30년간 익숙해진 습성을 굳이 바꿀 필요가 있으려나. 게다가 내가 아직 가 보지 않은 노년의 밤이 다가오고 있지 않은가. 쾌적한 잠자리보다 옆자리의 따스한 온기가 더 그리워질 줄 누가 알랴. (아니라고? 하긴 고무로 만든 물주머니 하나만 있으면 해결되려나. 맞다! 온돌처럼 바닥이 뜨끈해지는 침대도 있다던데.)

여든 살 생신을 맞은 엄마는 홀로 잠을 잔 지 15년이 넘었다. 80대 중반인 시어머니도 7년 넘게 시골집에서 혼자 지내신다. 어머니들의 침대는 작고 정갈하지만 어쩔 수 없이 외로워 보인다. 한집에서 지지고 볶을 때는 꼴도 보기 싫어하던 영감탱이들 추억을 시도 때도 없이 꺼내신다. 아무리 효자 자식이라도 대신해 줄 수 없는, 함께 걸어갈 동반자 역할이 따로 있기 때문이다.

누구든, 언제든, 홀로 살아야 할 노년의 시간이 반드시 찾아온다. 비둘기처럼 다정한 부부였을지라도 한날한시에 세상을 등지긴 어려우니까. 그런 날이 급습

한다면 어쩌나. 두 어머니들처럼 꿋꿋이 지낼 수 있을까. 다른 이에게 손을 내밀어 볼 모험심은 생길까.

〈밤에 우리 영혼은〉21)의 주인공, 일흔 살 은발의 애디 무어는 쓸쓸했다. 남편 칼이 죽고 나자, 혼자 자는 밤이 제일 견디기 힘들었다. (우리 어머니들에 비하면 너무 젊네.) 수면제를 먹거나, 늦게까지 책을 읽고 나면 아침에 몸이 천근만근 무거웠다. 숱한 망설임 끝에 용기를 내 이웃집 홀아비 루이스 워터스의 문을 두드린다.

가끔 나하고 자러 우리 집에 올 생각이 있는지 궁금해요.

만약 누군가 침대에 함께 있어 준다면 잠을 푹 잘 수 있지 않을까. 좋은 사람과 온기를 나누며, 그저 어둠 속에서 조곤조곤 대화를 나누고 싶다는 바람이 모험을 향해 등을 떠밀었다.

누가 70대 노인더러 몸도 마음도, 영혼마저 말라비틀어졌다고 하는가. 밤은 길고, 두 사람은 함께 잘 때마다 〈천일야화〉22)의 셰에라자드가 되어 지나온 이야기를 들려준다. 열정이 솟아나고, 성욕이 꿈틀거리며, 늘 함께하는 것만이 사랑인가. 황혼에 뒤늦게 찾아온 감정은 온화하고 섬세하며 품위가 넘친다.

감히 모험을 해 볼 엄두도 내지 못한 채, 홀로 늙어 가는 다른 노인네들은 부럽고 질투가 나서 쩝쩝거릴 뿐이다. 나약함과 자식들의 반대, 어쩌면 곧 찾아올지도 모를 죽음처럼, 새로운 모험을 방해하는 적은 차고 넘치니까. 나이 들수록 세상의 색안경과 남들 '뒷담화'는 더욱 두려워지는 법인가 보다. 하긴 단지 새로운 인연 앞에서만 주춤거리랴. '변화보다는 유지'가 나이 듦의 대표적인 현상 아닌가.

70이든 80이든 해 보고 싶은 일이 있다면 겁내지 말고 주저하지 말지어다. 시간 관계상 '다음'이란 없으니까. 만약 홀로 적막한 나날을 보내다가 얘기를 나누고 픈 루이스 같은 할아범을 만나면, 나도 애디처럼 용기를 내야지. 뒤늦게 찾아온 모험의 기회를 겁내거나 외면하거나 놓치지 않겠다. 절대로!

(남편 귀에다 메가폰을 들고) 알았냐, 이 영감탱이야! 침대 빼앗기기 싫으면 술 좀 작작 마시고 오래 살 궁리를 해라. 나는 이 빠진 할멈이 되어도 혼자 자기는 싫으

니까. (물론 반대 상황이라면, 남편도 루이스처럼 상대의 손을 꼭 붙들라고, 저세상에서 열렬히 응원하겠다.)

동명의 영화를 봤는데, 미남이던 로버트 레드퍼드 얼굴에 자글자글 금이 간 주름이 슬퍼 가슴이 무너져 내렸다. 그래도 어찌나 딱 맞아떨어지는 배역인지. 부럽게도 제인 폰다는 여전히 사랑스러웠다. 똥배 하나 없는 할멈이라니, 말이 돼?

반려동물과
찐한 사랑 주고받기

식물을 제외하면, 내 손으로 키워 본 생명체는 딱 두 종류뿐이다. 하나는 초등학생 아들이 탐구 수업을 위해 분양받은 사슴벌레다. 아들은 일찌감치 관심을 딴 데로 돌렸고, 오히려 탐구는 엄마 차지가 되었다. 암수 두 마리가 눈이 맞아 알을 낳고, 애벌레가 성충이 되는 과정을 오롯이 지켜봤으니까. 간식으로 젤리포를 내주면 게걸스럽게 먹어 댔다. 밤새 사각거리는 소리가 나서, 처음엔 도둑이 든 줄 알고 얼마나 놀랐던가.

다른 하나는 조막만 한 애완용 거북이었다. 목을 빼고 눈을 띠룩띠룩 굴리는 모양이 귀여웠다. 먹성이 좋아서 상추 한 잎을 몽땅 먹어 치우기도 했다. 가끔 수조 밖으로 꺼내 놓으면 장롱 밑으로 기어 들어가서 애를 먹었다. 큰물에서 살아 보라고 시골집 연못에 방생한 이후 본 적이 없다. 솥뚜껑만큼 자란 녀석이 연못 바닥에 배를 깔고 물고기를 잡아먹고 있는 건 아닐까.(물고기 숫자가 자꾸만 줄어드니 말이다.)

얼마나 불행한 인간이냐. 기껏 정을 나눠 본 것이 곤충과 파충류뿐이라니. 하긴 그런 놈들과도 이름 짓고 아침마다 인사하며 지냈으니, 개나 고양이라면 어떨까. 사람들이 반려동물을 자랑할 때마다 마음이 어지럽게 왔다 갔다 한다.(나만 없어 냥이, 나만 없다 댕댕이!)

아니다, 아냐. 마음은 굴뚝같지만 아직 준비가 안 됐다. 어린아이를 다시 키우는 것과 맞먹는 책임감이 필요할 테니까.

늦은 나이에 잘 어울리는 남자를 만나 결혼한 후배가 말했다. 아이는 안 낳기로 했다고.

"대신 갓 태어난 강아지를 키울 거야. 녀석이 늙어 죽을 때까지, 그 일생을 함께하고 싶어."

곧 까만 리트리버 한 마리를 분양받았다며 사진을 보내왔다. 털에 윤기가 좌르르 흐르는 순하게 생긴 녀석이었다. 석 달쯤 흘렀을까, 강아지를 보겠다고 후배네 시골집으로 놀러 갔다. 엥? 잔뜩 기대했던 사진 속

동그란 얼굴은 어디로 갔나? 웬만한 성견만큼 커 버린 녀석이 반갑다고 뛰어드는 통에 뒤로 나자빠질 뻔했다.

1년쯤 지나 다시 보러 갔을 때는 다가가서 쓰다듬어 주기도 어려웠다. 옆집 정육점에서 던져 준 커다란 돼지 뼈를 물고 빨며 놀고 있었다. 눈은 여전히 순해 보였지만, 그 형체는 가히 야생 불곰처럼 무시무시했다. 멀찍이 떨어져서 간신히 이름만 몇 차례 불러 줬을 뿐이다.

다른 사람들에겐 겁나는 짐승처럼 보여도 후배에겐 아직도 어리광 부리는 강아지란다. 아침마다 개를 끌고 논두렁을 산책하는 시간이 가장 행복하다고 부부가 입을 모았다.

흥! 침 흘리며 부러워만 할쏘냐. 시골집에 내려가 살면 나도 개 한 마리를 키워 보련다. 지금 사는 아파트에선 개와 나, 가족 모두가 행복할 것 같지 않으니까. (특히 남편은 틈만 나면 청소기를 밀고 다니는 청결 대왕이다.)

어떤 개를 키울까 상상만으로도 즐겁다. 복슬복슬한 엉덩이를 살랑대거나, 건포도 같은 눈으로 쳐다보는 작은 놈들이 사랑스러울까? 아니다, 이왕 키울 바에는 보더콜리처럼 야외에서 잘 달리는 녀석이 좋겠다.

하루 두 번 산책을 시키는 동안 줄에 이끌려 다니면서, 노후에는 절로 운동이 될 테니까. 개와 함께 논두렁을 달리는 할머니 납신다!

〈철학자가 달린다〉23)를 쓴 마크 롤랜즈는 하루키만큼이나 '달리기의 철학'을 간파한 인물이다. 중년이 되어서도 그를 꾸준히 달리게 만든 반려동물은 사실 개가 아니라 늑대였다. 진작에 11년간 '브레닌'과 동거한 이야기 〈철학자와 늑대〉24)를 읽고 나서, 노년에 만끽할 행복 씨앗 하나를 가슴에 심어 놨다. 언젠가는 '다른 종'과 찐한 사랑을 나누며 살겠다는 희망 말이다. 물론 그의 심오한 조언부터 마음에 새겨야겠지만.

그래도 정 키워야겠다면, 그때부터 인생이 완전히 달라질 것을 각오해야 한다.

우리 동네 공원은 이른 아침이나 저녁마다 '개판'이 된다. 도대체 좁은 집 안에서 어떻게 지내는지 모르겠다만, 다들 개 한두 마리를 줄에 묶거나 유모차에 싣고 죄다 밖으로 쏟아져 나온다. 예전처럼 힘으로 제압하거나 억지로 줄을 당기는 개 주인은 보기 어렵다. 소변을 누라고 충분히 시간을 주고, 유치원 아이들처럼 한자리에 모여 놀게 한다. 개 짖는 소리와 사람 웃음소리가 하늘을 찌른다. 어쩐지 아이를 데리고 나온 부모들보다더 자상하고 너그러워 보이는 건 나만의 착각일까.

하긴 개를 기르다 보면, 자식을 키우는 부모의 자세까지 배울 수 있단다. 마크는 개를 훈련시키면서 가장크게 오해하거나 실수하는 두 가지를 예로 들었다. 하나는 훈련을 기 싸움으로 보고 개를 굴복시켜야 한다고믿는 자만심. 또 하나는 보상을 통해 개를 복종시킬 수있다고 여기는 착각. (이거야말로 부모로서 절대로 자식에게 하지 말아야 할 최악의 상황 아닌가.)

마크가 제시하는 유일한 방법은 '개 입장'에서 생각해 보기다. 즐겨 보는 프로그램 〈세상에 나쁜 개는 없다〉나 〈개는 훌륭하다〉를 관통하는 주제와도 같다.

더 나아가 반려견을 키우면서 오히려 '인간관계의중요한 이치'를 절로 깨우칠지도 모른다. 후배에겐 귀엽기 그지없는 강아지가 내게는 그저 물까 봐 겁나는짐승으로 보이는 이유는 동고동락하지 않았기 때문이다. 희생과 인내와 정성이 깃든 힘든 시간 없이 어찌 개의 충직한 애정을 얻을 수 있겠는가. 공짜로 즐거움만

취하려 드는 건 도둑 심보나 다름없다.

나이 들어 반려견을 키우려면 젊을 때보다 몇 배는 더 단단한 각오를 해야겠지. 내 몸도 귀찮을 텐데, 나 아닌 다른 존재를 잘 보살피는 일은 꽤 번거롭고 고달 플 테니까.

그럼에도 늘그막에 개 한 마리가 선사해 줄 애정을 포기하진 않으리. 특히 애교 많은 개라면 말이 사라진 노년의 부부 사이에 대화를 이어 주고, 웃을 일이 많아 진단다. 게다가 아무도 반기지 않는 나이 든 주인을 반 려견만은 늘 애틋하게 기다리고 바라봐 주겠지. 어디서 누구에게 그처럼 맹목적인 사랑을 주고 또 받아 볼까.

개만큼이나 고양이도 키워 보고 싶은데, 새침하면 서 독립적인 그 동물이 어쩌면 내 성향에 더 맞으려나. 주인 없는 길고양이가 넘치는 세상이니 굳이 탐하지 않 아도 내 땅으로 찾아드는 녀석들이 있지 않을까. 이름 을 불러 주고 밥을 대령하면 거만하게 나를 자기 집사 로 삼아 주겠지.

군대를 제대한 아들이 책을 선물하면서, 내지에 반 듯한 글씨로 '엄마가 좋아할 만한 책'이라고 메모를 남 겼다. 네코마키가 그린 만화 〈고양이와 할아버지〉[25]

다. 할머니가 먼저 세상을 떠난 뒤로 할아버지는 고양이를 의지해 살아간다. 아내를 떠올리게 만드는 고양이 때문에 쓸쓸하지만, 고양이 덕분에 덜 쓸쓸하기도 하다. 늘그막엔 잘 달리는 개가 아니라 '반드시' 고양이부터 키워야 하나? 아우, 헷갈려라.

2018년 몽블랑 트레킹을 함께한 네 친구. 처음엔 '남편 친구들과 아내들'이라는
모임으로 만났지만, 꾸준히 운동을 같이 하고 여행을 떠나면서 지금은
가장 자주 보는 친한 사이가 되었다.

세 번째 노후대책

줄기찬 도전

내가 해 나가는 줄기찬 도전은

잘하기보다 꾸준히 하려는 마음이다.
어제보다 조금이라도 나아지고 싶은 바람이다.
겁내지 않고 시도해 보려는 호기심이다.
세상의 편견에 지지 않겠다는 다짐이다.

죽기 전까지
빼먹지 말고 근력 키우기

이 나이가 돼 보니 알겠다. '근사한 중년'으로 보이기란 결코 쉽지 않다. 육체가 중력을 따라 한없이 늘어진다. 언제 몸에 굴곡이 있었던가 싶다. 군살은 들어설 자리를 기가 막히게 안다. 감을 때마다 한 움큼씩 빠지는 머리카락은 어떻고. 어느 친구 걱정처럼 이러다 곧 대머리냐, 백발 마녀냐 중 하나를 선택해야 할지도 모른다. (급기야 머리숱 없는 백발 마녀가 될지도.) 잡티 많은 얼굴에 땀구멍은 한라봉만 천 개쯤 까먹은 사람 같다.

　그럼 옷이라도 잘 걸쳐 보라고? 나이 먹어 봐라, 뭘 입어도 쨍한 맛이 나나. 옷장을 뒤적거려 기껏 골라 입었는데도 노력한 티가 안 난다. 그래서 대부분 입을 옷이 없다고 투정을 부리나 보다. 유행을 좇아 신상을 사서 걸쳐 보지만 영 어색하다. 대기업 임원처럼 정장을 입으면 좀 나아 보이려나? 그런 옷은 움직이기 불편해서 거저 줘도 싫다. 인사동 스타일은 편하지만 만만치 않게 비싸고, 저렴한 패스트 패션 브랜드는 금세 후져진다.

옷이 없지는 않다. 대부분 운동복이라 문제지. 수영복, 달리기 바지, 등산복, 자전거 저지, 배드민턴 스커트까지 가짓수도 현란하다. 내 옷장 서랍이 이런 옷들로만 가득 찰 줄이야. 〈마녀체력〉²⁶⁾ 저자라는 특권으로 심지어 강의할 때도 운동복을 입곤 한다. 자전거를 타고 간 날은 땀범벅이 된 채 그대로 사람들 앞에 선다.

뭐라? 운동복의 특징은 신축성 아닌가. 죄다 몸에 달라붙어, 내 나이 여성에겐 최악의 선택이다. 민소매 셔츠를 입으면 팔뚝이 대포알 같다. 자전거 저지는 튀어나온 뱃살을 더욱 강조한다. 짧고 두꺼운 맨허벅지가 그대로 드러난다. 그런 모습으로 사람들 시선을 받는다고?

이상하게도 운동복을 입으면 부끄러움이 사라진다. 남들 눈에도 괜찮아 보일 거라는 착각에 빠진다. 그뿐인가, 중년 아줌마의 어딘가 짜부러져 있던 자존감이 기어 나온다. 말도 안 되는 에너지와 화통함이 샘솟는다. 여차하면 정수기 생수 병도 머리 위로 들어 올릴 기세다. 마블 영화에 나오는 영웅들이 왜 죄다 요상한 쫄쫄이 옷을 걸치겠는가.

비밀을 말하자면 기적의 '유니폼 효과'다. 운동하는 사람에게 절로 따라붙는 금쪽같은 보너스요, 후광효과. 그러니 꽃무늬 니트보다 운동복이 잘 어울리는 할머니로 나이 들면 좋겠다.

언젠가부터 '멋지고 독특한 할머니' 리스트를 쟁여가고 있다. 귀여운 타샤 튜더, 현명한 헬렌 니어링, 재미있는 애거사 크리스티, 우아한 카르멘 델로피체 같은 분들. 당연히 한국 할머니들도 있다. 빈틈없는 윤여정, 거침없는 박막례, 패셔니스타 밀라논나, 위풍당당 패티 김.

다만 어디에서도 '운동하는 할머니'는 좀처럼 찾기 힘들었다. 하긴 86세에 철인 삼종 경기를 완주했다는 미국 수녀님 기사를 읽었는데, '세상에, 이런 일이!' 수준이다. 노년에도 육체를 험난하게 굴릴 엄두는 차마 나지 않는다.

꾸준히 적당한 운동 강도를 유지하면서, 명철한 정

신력으로 지적 활동을 병행하는 할머니, 어디 없을까? 왜 없겠는가. 2019년 드디어 한 명을 찾아냈다. 다큐멘터리 〈루스 베이더 긴즈버그: 나는 반대한다〉를 보러 가서다. 처음엔 나비 안경을 쓴 새초롬한 표정과 거침없는 발언에 먼저 열광하고 말았다.

"내가 바라는 건 별게 아냐. 그저 여성들 목을 누르고 있는 발이나 좀 치우라고."

보면 볼수록 긴즈버그는 매력 쩌는 힙한 할머니였다. 귀여운데 똑똑하고, 진지한데 유머러스했다. 이런저런 덕목을 다 갖췄다. 그래도 내가 하나 더 특별한 별명을 붙인다면, 강철 같은 할머니?

자그마한 87세 할머니가 그 나이까지 최고령 대법관 자리를 지켜 온 저력은 뭘까. 더군다나 60대 후반부터 네 차례나 대장암과 췌장암, 폐암에 시달려 온 암 환자가 아닌가. 그때마다 매번 오뚝이처럼 일어서서 건재함을 보여 줬다. 뭐지? 뭐야?

오호라! 저거구나! 나도 모르게 전기가 찌릿 통하는 장면이 나타났다. 여든 넘은 할머니가 트레이닝을 받으면서 푸시 업을 스무 개나 하다니. 20년 가까이 빼먹지 않고 꾸준히 해 왔다는 근력 운동이 그 비결이었다.

사람들이 너도나도 궁금해하자, 급기야 운동 매뉴얼 〈주 2회 1일 1시간, 죽을 때까지 건강하게 살고 싶어서〉[27]가 나왔다. 긴즈버그가 해 온 실전 트레이닝이란다. 운동을 처음 시작하는 초보자나 나이 든 여성도 만만하게 접근하도록 독려한다. 군이 헬스클럽에 등록하지 않아도, 특별한 기구 없이도 가능하다.

책에서도 언급하지만, 나이 들수록 운동하기 전 워밍업과 마무리 스트레칭이 훨씬 더 중요해진다. 안 하면 다치기 쉽다. 젊을 때는 바로 시동을 걸어도 괜찮지만, 점점 무리가 된다. 몸이 후끈해질 때까지 코트를 몇 바퀴 달리고 나서, 온몸의 관절을 빠짐없이 돌려 주는 습관을 들이면 좋다.

낮은 수준에서 시작해 조금씩 강도를 높여 나가는 것이 근력 운동의 비결이다. 진작부터 몇 가지 꼭 필요한 동작을 조합해 집이나 공원에서 반복 운동을 하고 있다. 달리기나 배드민턴을 하고 난 뒤에는, 뭉친 근육을 풀어 주는 스트레칭을 빼놓지 않는다.

이 책이 특히 내 눈길을 잡아끈 이유는, 머리를 깔끔하게 빗어 넘기고 귀걸이까지 한 긴즈버그가 직접 모델로 나섰기 때문이다. 비록 일러스트지만, 지금까지 할머니 트레이닝 모델을 본 적이 있는가. 허리 잘록한 젊은 미녀보다 훨씬 더 큰 자극을 준다. 안경 너머로 지그시 쳐다보며, 꾀부리고 싶어 하는 나를 점잖게 재촉한다.

'87세 할머니도 빼먹지 않고 하는데, 환갑도 안 된 젊은이가 왜 그러고 있는 거야?'

(긴즈버그는 2020년 9월에 영면하셨다. 천국에서도 매일 운동하시길. RIP.)

근력 운동은 당연히 재미없고 힘이 들기 마련이다. 그래서 나이 들면 걷는 것으로 운동이 충분하다고 핑계를 대기 쉽다. 아니, 그것만으로는 부족하다. 근력이 떨어지면서 넘어지거나 몸이 비뚤어지는 노인들이 많아진단다.

도쿄의 건강장수의료센터에서 일하는 김헌경 전문가는 〈근육이 연금보다 강하다〉[28]라는 책을 통해 다양한 근력 운동을 제안한다. 연금만큼이나 중요한 근육 테크를 하라고 당부한다. 노년기의 운運을 바꾸고 싶다면 몸을 움직여야動 하는데, 그것이 바로 운동運動이란다. 히야! 아무리 생각해도 기똥찬 한자 풀이 아닌가.

젊은이들처럼 빨리 달리고, 쌩쌩 사이클을 타고, 휙

획 물을 휘젓는 운동을 나이 들어서도 계속 유지하긴
힘들다. 반면 안정된 공간에서 매일 조금씩 반복하는
근력 운동이라면, 노년까지 내 몸을 꼿꼿하고 바르게
지키는 자랑할 만한 특기가 되지 않을까. 근력 운동은
재미없다고 늘 노래를 부르던 나도, 새해 첫날부터 헬
스장으로 달려갈 계획이다. 근육 테크로 건강을 유지
하고 운까지 바꾸러!

새로운 외국어를 익혀
폼 나게 써먹기

딱 쉰 살에 퇴사했다. 출퇴근 족쇄로부터 해방 만세! 이게 꿈인가, 생시인가. 더 이상 9 to 6에 매이지 않아도 되는 순간이 찾아왔다. 오래 회사 생활을 해 온 사람이라면 이날이 오기만을 손꼽아 기다린다. 막상 회사에 가지 않는 널널한 시간에 뭘 하며 지낼지 마음의 준비도 해 놓지 않고서.

내 경우엔 운동이야 당연지사고, 우선 구청에서 운영하는 '문화복지센터'에 눈독을 들였다. 제과 제빵, 요리, 댄스, 재봉, 드로잉, 미용 등등 웬만한 취미 활동은 다 있다. 시간 많고 의지만 있다면, 저렴한 비용으로 다양한 실용 기술을 익히기에 '가성비' 갑이다.

그중에서도 내 눈에 번쩍 뜨인 과목이 있었으니, 바로 일본어 수업. 그동안 이런저런 학원을 들락거리며 돌다리만 두드리고 그만둔 세월이 얼마던가. 언제나 그렇듯 여러 가지 핑계로 꾸준히 이어 가질 못했다. 늘 히라가나만 줄기차게 외우다가, 간단한 인사말 몇 개 써먹고는 까먹어 버렸다. 시작할 때는 쉬운 것 같아 웃지만, 배우는 내내 어려워서 눈물을 흘린다는 문법의 벽을 넘어서질 못했다. 천천히, 조금씩, 그리고 꾸준히 체력을 키웠듯, 이번에는 일본어를 같은 방식으로 익혀 보겠다고 결심했다. 공부가 아닌 놀이처럼.

벌써 7년 넘게 이 수업을 같이 해 온 학생들 대부분은 60~70대다. 초등학생 손주가 두셋씩 있는 할머니들이다. 나 같은 50대 중반은 어리고 귀여운 축에 속한다. 죽자 사자 단어를 외우고 급수를 따는 분위기였다면 스트레스 받아 진작에 나가떨어졌으리라. 수업 중에는 일본어만 쓰기로 약속했지만 어디 그럴 수 있나. 머리보다 입이 빠른 학생들은 공부를 하다가도 수다로 넘어가기 일쑤다. 배우는 건 일본어지만, 어쩐지 인생의 희로애락을 나누는 친목회 같다고 할까. '우리가 일본어를 몰랐지, 인생을 몰랐나' 시간이 펼쳐진다. (때론 일본어 공부보다 그런 인생 선배들 말씀이 더 재밌다.)

학구파 '언니'들을 보면 꼭 10년 후 내 미래를 미리 내다보는 듯한 느낌이 든다. 하루도 빠짐없이 활기차게 에어로빅을 즐기는 '할멈체력'. 일본어 하나로는 모자라 영어에다 중국어까지 섭렵하는 똑순이. 돋보기를 대야만 보이는데도 예습, 복습을 빠뜨리지 않는 최고령 어르신. 방송대 일본학과에 도전해 학사모를 쓴 용감한 늦깎이. 같은 반 '친구'인 내 책을 읽었다며 사인해달라고 수줍게 내미는 독서가도 있다. 하릴없이 앉아 유튜브만 들여다봐도 누가 뭐라 하지 않을 연세 아닌가. 녹슨 뇌를 굴리며 하나라도 더 배우려고 애쓰는 언니들을 볼 때마다 이 젊은이는 반성이 앞선다.

도대체 이분들은 뒤늦게 왜 일본어를 배우는 걸까. 가까운 일본을 자유롭게 여행하고 싶다는 목적이 크다. 몇 분끼리 짝을 지어 실제로 교토며 오사카에 다녀오신 적도 있다. 그래서 수업하는 두 시간 동안 우리는 다양한 방식으로 일본어를 익힌다. 문법과 독해는 물론 일본의 최신 뉴스를 골라 본다. 만화나 드라마를 통해 일본인의 생활을 간접 체험하기도 한다.

그렇다면 나는 왜 일본어에 관심을 두게 되었을까?

출판 편집자라면 영어 독해는 기본이요, 일본어를 알면 유리한 점이 꽤 많다. 좋아하는 하루키 소설을 원서로 술술 읽어 보고 싶다는 욕망도 컸다. 하긴 오래전 여행 기념품 삼아 〈노르웨이의 숲〉²⁹⁾ 문고판을 사 들고 왔다. 그럼 뭐 하나, 책꽂이에 꽂아 두기만 하는 장식품에 불과했다.

어느 정도 일본어를 읽는 수준이 되자마자, 제일 먼저 〈노르웨이의 숲〉을 꺼내 들었다. 이 책은 우선 제목부터 짚고 넘어가야 한다. 일본어로 '숲'이라는 한자 森(수풀 삼)을 쓰고 있다. 다들 알다시피 비틀스의 노래 'Norwegian Wood'에서 따왔다. 노래의 앞뒤 가사로 유추해 보면 분명 '노르웨이산 가구(목재)'를 뜻하는데, 하루키는 wood를 떡하니 '숲'으로 오역해서 쓴 셈이다.

만약 하루키가 영어를 못하는 일본인이었다면 '뭐, 그럴 수도!' 하고 넘어갈 일이다. 하나 그가 누구인가. 스콧 피츠제럴드나 레이먼드 챈들러의 영어 소설을 번역한 전문가다. 뻔히 알면서도 '일부러' 모르는 척, 소설 시작부터 비틀스 BGM과 함께 18년간 잊지 못한 기억 속의 초원(숲)을 묘사한다. 그러니 누구라도 '숲'을 먼저 연상할 수밖에.

일본어로 된 하루키 소설을 읽어 보니 과연 느낌이 다르냐고? 다르고말고! 완전히 다른 책을 읽는 느낌이었다. 모르는 단어가 많아 진도는 느리다만, 그래도 전반적인 줄거리를 알고 읽으니 훨씬 수월하달까.

내가 읽은 번역본과 가장 차이 나는 부분은 '대사'다. 여자 친구인 나오코는 와타나베와 동갑에다 고등학교 때부터 알고 지내던 사이다. 줄곧 반말을 주고받아야 자연스럽다. 한편 대학 후배 미도리는 와타나베보다 어리긴 하지만, 먼저 다가서며 호감을 표현할 만큼 당돌한 성격이다. 역시나 당연히 반말을 써야 어울린다.

내가 읽은 〈상실의 시대〉[30] (첫 번역본 제목)에 등장하는 여성들은 죄다 존댓말을 썼다. 세 주인공이 20대 풋풋하고 덜 여문 청춘임에도 근대 흑백 영화를 보는 것처럼 노티가 흘렀다. 나이 든 번역가 특유의 시대적 장막을 걷어치운 것만으로도 원서를 읽는 느낌이 남달랐다.

갑자기 자살해 버린 친구를 잊지 못하는 와타나베는 일찌감치 깨닫는다. '죽음은 삶과 대척점에 있는 것이 아니라 삶의 일부로서 존재하고 있다'는 진리를. 그런 문장들을 일본어로 읽으면, 진한 밑줄을 죽죽 그을 때처럼 하루키의 메시지가 가슴에 쑥 새겨진다. 아! 일본어를 배웠더니 이런 기쁜 날이 오는구나.

지난번 일본에 갔을 때는 서점을 돌면서 마스다 미리의 만화책과 하루키의 다른 소설들까지 죄다 사 들고 왔다. 언젠가는 두 작가에게 일본어로 팬레터를 써 볼 생각이다. 내가 당신 책을 읽고 싶어서 일본어를 습득한 '찐팬'이라고.

다음에 읽어 볼 작가로는 또 누굴 골라볼까. (하긴 얼마나 많은지, 하루키 소설만 다 읽으려고 들어도 남은 생이 부족할 것 같다만.) 아니, 다음엔 다른 외국어에 도전해 볼까? 스페인어? 아니면 포르투갈어? (하던 일본어나 더 잘하라고 훈시하는 환청이 어디선가 들리네.)

문화복지센터에서 '쪼끔' 배운 외국어 실력을 떠벌리고 있으니 약간 민망하다. 그럼 대신 이런 얘기는 어떤가. 60세 넘어 스페인어를 배우겠다는 열망을 품고 아예 멕시코로 날아간 일본인이 있다. <60, 외국어 하기 딱 좋은 나이>[31]를 쓴 아오야마 미나미다. 그가 홈스테이 주인에게 다가가 부끄러운 듯 은근히 묻는다.

"이렇게 나이 많은 학생을 받은 건 처음이시죠?"

주인장은 태연하게 대답한다.

"아니요, 이전에 80살 노부부가 온 적이 있어요."

나이 들었다고 새로운 언어를 배우는 데 주저하거나 겁내지 말지어다. 중·고등학교 때 꼼짝없이 책상에 앉아 배웠던 방식과는 달리 요즘엔 다양한 툴을 통해 익힐 수 있다. 오래 잠자고 있던 언어 능력이 툭 튀어나올지도 모른다. '이 나이에 배워서 어디다 써먹으려고?' 하는 본인의 우려와 주위의 오지랖 따위는 던져 버리자. 외국어 공부는 뇌를 자극하고 언어 퇴행을 막고 기억력을 증진한다니, 나이 들어 찾아올까 걱정인 '치매'를 방어하는 두툼한 방패 역할까지 한다. 자, 한시라도 빨리 시작하는 게 남는 장사라니까.

익숙함에서 벗어나
'딴짓' 저지르기

평범한 단발에 두꺼운 안경을 걸친 무표정한 얼굴. 아무런 장식도 달리지 않은 무채색 편한 옷. 거기에 피곤까지 누적된 날은 강팍한 기숙사 사감처럼 보였겠지. 누가? 나 말이다. 어쩌다 예전 사진을 꺼내 보면, 30대 젊은 나이인데도 아무런 생기가 없다. 볼 장 다 본 사람처럼. 남은 삶에 아무런 기대도 없는 노인처럼.

그러던 내가 덜컥 '용감무쌍한' 짓을 저질렀다. 친구 따라 안과에 갔다가 라식 수술을 하겠다고 날짜를 예약해 버렸다. 그때만 해도 신기술이 도입된 초반이라 가격이 만만치 않았다. 나중에 어떤 부작용이 생길지 임상 결과도 별로 없을 때였다. 다들 걱정부터 앞세우며 심사숙고하라고 뜯어말렸다. 나 역시 겁은 났지

만 간절한 마음이 더 앞섰다. 열 살 때부터 지겹게 써
온 안경만 벗어도 뭔가 인생이 달라질 것만 같았다.

　과연 달라졌을까? 그랬다. 우선 수영장 가는 일이 즐
거워졌으니까. 보이는 게 명확하지 않으면 위축되고 겁
이 많아지기 마련이다. 누가 미소를 지으며 인사하는데
알아보지 못할 때도 있다. 잘 보려고 미간을 잔뜩 찌푸
리기도 한다. 안개처럼 눈앞에 끼어 있던 흐린 장막이
사라지자 그렇게 신기할 수가 없었다. 수영장 안을 활개
치며 돌아다녔다. 당연히 수영 실력도 늘 수밖에.
　본격적으로 철인삼종 운동에 빠져든 것도 그때부
터다. 세 종목을 연달아 하는 동안, 옷과 신발을 바꾸고
수경과 고글을 번갈아 써야 한다. 얼마나 번잡하고 정
신없는 운동인가. 겨우 안경 하나 떼어 냈을 뿐인데 그
절차가 반으로 줄어들었다. 땀이 줄줄 흐르는 얼굴을
맘껏 훔쳐 냈다. 겨울마다 안경에 뿌옇게 김이 서리던
불편함이 사라졌다.

　나이 들면서, 아니 안경을 벗은 덕인지 모르겠지만,
작은 축복까지 내렸다. 공짜로 쌍꺼풀이 생긴 것이다.
이참에 귀에 구멍을 뚫고 주렁주렁 귀걸이를 매달았

다. 얼굴형에 맞는 특이한 선글라스도 몇 개 질렀다. 머리를 과감하게 자르고, 내 멋대로 앵무새 털처럼 부분탈색을 했다. (세바시 동영상에 등장하는 머리 스타일을 아직도 내 트레이드마크로 기억하는 사람들이 많다.)

회사를 퇴직하고 나니 더 큰 자유가 생겼다. 눈에 띄는 게 싫어서 무난한 옷만 골라 입던 내 옷장 속 컬러가 달라졌다. 강의나 인터뷰를 할 때마다, 특별한 모자를 골라 쓰고 화려한 원색 옷을 즐겨 입곤 한다. 실은 금발 머리에도 도전해 보고 싶다만, 머지않아 저절로 백발이 될지 모르니 기다려 보는 중이다. 내 인생 마지막 자동차는 새빨간 컨버터블이 어떨까.

평소와 다르게 선택한 작은 일탈 하나가 일상에 균열을 낼 수 있다. 그 균열이 어떤 식으로 삶에 영향을 가져다줄지 아무도 모르는 법이다. 그런 면에서 파스칼 메르시어가 쓴 〈리스본행 야간열차〉[9]의 첫 장면은 얼마나 강렬한가. 스위스 베른에서 30년 이상 라틴어 선생으로 일해 온 그레고리우스의 삶은 정확한 스위스 시계같이 한 치의 어긋남도 없었다. 오래된 언어에 빠져 사는 이답게 생김새나 옷차림 또한 '파피루스'라는 별명처럼 고루했다.

심한 폭풍우가 퍼붓던 날, 다리 난간에 위험하게 기대 있던 붉은 가죽 코트 입은 여자를 만났다. 그 순간 왠지 모를 강렬한 영혼의 떨림을 감지했다. 지금과는 다른 인생을 살고 싶다는 충동이 일었다. 고작 일주일 만에, 평생 박제처럼 멈춰 있을 것 같았던 그의 삶은 소리 없이 폭발했다.

그의 일탈이 어떻게 마무리될지 궁금해서 끝까지 책을 읽는 것은 무의미할 수도 있다. 예전의 지루한 삶으로 되돌아가든, 아니면 또 다른 먼 도시로 여행을 떠나든 중요하지 않다. 그레고리우스는 이미 과거와는 다른 차원을 사는 사람이 되었기 때문이다.

JTBC에서 방영한 〈슈퍼밴드〉라는 서바이벌 프로그램에 부부가 넋을 놓고 빠져든 적이 있다. 신들린 듯한 얼굴로 각자 악기를 연주하며, 그 흥분과 하모니를 동료들과 나누는 활동이 밴드 아닌가. 그저 지켜보는 것만으로도 부러워서 가슴이 울렁댔다. 저 경지까지 올라서지 못하고 중도에 놓아 버린 나의 숱한 악기들이여. 반면 경제 사정이 따라 주지 않은 남편은 자라는 동안 악기 하나 배우는 기회조차 갖지 못했다.

"이참에 드럼을 배워 보면 어때? 나는 전기기타를

해 보고. 2인 밴드를 만들면 버스킹도 할 수 있잖아."

말도 안 되는 농담 같지만 생각만 해도 엉덩이가 들썩댄다. 부부가 같이 사이클 타기? 그 또한 젊은 시절엔 상상도 해 보지 못한 농담 아니었던가. 삶에 대한 상상력을 가동하고, 하고 싶다면 용감하게 행동으로 옮겨 보자. 더 기운 빠지기 전에, 내 생애에 다시 한번 일탈의 기회를 잡아 보고 싶다.

돌발적이고 설명할 수 없는 행동을 하면서, 그레고리우스는 동료들에게 이런 글귀를 남겼다. 마르쿠스 아우렐리우스의 〈명상록〉[32] 중 한 부분이다.

> 네 인생은 이제 거의 끝나 가는데 너는 살면서 스스로를 돌아보지 않았고, 행복할 때도 마치 다른 사람의 영혼인 듯 취급했다… 자기 영혼의 떨림을 따르지 않는 사람은 불행할 수밖에 없다.

'시간이 많아지면 해야지' 미뤄 두고 있겠지만 어림도 없는 소리다. 나이 들면 들수록 새로운 도전이나 시도는 점점 줄어들기 마련이니까. 늘 입던 비슷한 옷만 사고, 하다못해 머리 스타일처럼 쉬운 변화도 내키지 않는다. 가슴 떨림은 일어나지 않고, 영혼의 감성은 무뎌진다. 그나마 있던 호기심과 자잘한 용기조차 자취를 감춘다.

그럼 어째야 하나. 한 살이라도 젊을 때 용감해질 것. 무엇보다 자꾸만 '딴짓'을 저질러 봐야 한다. 원하는 일이 뭔지 알아차리고, 무심코 하는 반복을 깨 볼 수 있는 용기가 필요하다.

잦은 시도가 쌓이다 보면, 어느 날 문득 터닝 포인트가 찾아온다. 어쩌면 오래 해 온 직업까지 바뀔지 모른다. 〈서촌 오후 4시〉[33]를 쓴 김미경 작가. 지금은 전문 화가가 된 이 양반만큼 변화무쌍하게 딴짓 하는 이가 또 있을까. 숱한 여성들의 롤 모델인 잘나가는 기자로 인생의 오전을 화려하게 보냈다. 탄탄대로에서 일탈하기 대장이며, 결정적인 순간이면 용감해지는 이 여성은 아무런 연고 없는 브루클린으로 훌쩍 날아가 씩씩하게 인생의 '오후 2시'를 넘겼다. 그리고 어느새 서촌으로 돌아와 그림만 그리며 살고 싶다는 소망을 이룬 '오후 4시'를 지나고 있다. 또 어떤 영혼의 끌림을 향해 나갈지, 인생 후반기 '저녁 6시'에 보여 줄 그의 행보가 몹시도 궁금해진다.

누구나 연습 없이 딱 한 번 사는 인생이다. 무심한 세상이, 의미 없는 사람들이 보내는 시선에는 신경 쓸 틈이 없다. 살아온 시간보다 남은 시간이 짧은 이들이야말로 더더욱 그렇다.

일흔 넘어서도
'작가님'으로 살아남기

27년이나 책 만드는 편집자로 살았다. 막연히 그려 보던 내 미래 모습은 출판사 사장이면 모를까, 결코 작가는 아니었다. 표지 카피나 보도 자료 같은 글을 밥 먹듯이 써 대면서도, 창작이 나의 영역이라고는 생각해 보지 않았다. 내 이름 석 자 박힌 책 한 권을 내고 싶다는 그 흔한 욕망조차 없었다.

그러니 〈마녀체력〉[26]이 출간된 2018년 5월 이후 내게 생긴 변화가 아직까지도 실감 나지 않는다. 누군가 부르는 '작가님' 소리에 나도 모르게 닭살이 돋을 때도 있다.

"저, 저, 저 말인가요?"

대체 책을 몇 권쯤이나 쓰면 그 호칭에 착 달라붙듯

적응되는 걸까. (네 권쯤 쓰고 나니까, 이제야 겨우 작가 명함을 내밀기가 덜 쑥스러워졌다.)

글을 써 보라는 후배의 제안을 받고 통영에 있는 출판사 '남해의봄날'과 덥석 계약서부터 썼다. 주는 대로 계약금을 받아 챙기긴 했는데 쉽사리 글을 쓸 엄두는 나지 않았다. 초조하거나 겁나지 않았냐고? 하하! 내가 누군가. 출판계 사정을 손바닥 들여다보듯 꿰고 있는 전문가 아닌가. 글이 정 써지지 않으면 버티고 버티다가 계약금을 반환해 버리면 그만이라는 '배 째라' 속셈도 있었다.

역시나 사달은 그놈의 '작가님'이었다. 담당 편집자는 신간이 나오거나 작은 선물을 보낼 때마다 펜으로 직접 쓴 엽서를 동봉했다. 이미 작가가 되어 보신 분들은 알리라. 편집자란 사람들은 '특히나 글로 만날 때면' 얼마나 예의 바르고 다정한지!

꼬박꼬박 작가님이라 부르며 안부를 묻는데, 이건 마치 직업을 속인 사기꾼이라도 된 듯한 기분이었다. 책도 한 권 못 썼는데 무슨 작가님이야? 아, 안 되겠다. 부끄러워서 얼굴을 들 수가 없네. 어떻게든 뭐라도 글을 좀 써 봐야겠다.

그런 사연으로 나뭇잎 배에 슬쩍 올라탄 개미처럼 작가가 되었다. 어라? 한 권에서 멈추지 않고 두 번째 책 〈마녀엄마〉[5]까지 잘도 써냈다. 그러고도 더 써 보겠다는 야심(?)을 품고 날름 책을 두 권 더 내 버렸다. 〈뿌리가 튼튼한 사람이 되고 싶어〉[34]를 쓴 신미경 작가도 어쩌면 나랑 비슷한 경험을 했나 보다. 이쯤 되었으니, 그가 말하는 '정해진 (작가의) 운명론'에 기대볼 수밖에.

그 일만 생각하면 설레고 마음이 뜨거워져 어찌할 줄을 모를 때보다, 어쩌다 시작했는데 그 방향으로 일이 술술 풀려 나가는 쪽이 내 운명 같다.

글쓰기는 예민하고 섬세하며 논리적인 정신노동 중 하나로 알려져 있다. 게다가 '잘' 쓰려면, 타고난 재능에 양적 고된 훈련을 거쳐야만 가능하다고 말한다. 지금은 그 명제가 많이 흐려져서 '1인 1책은 기본'이라고 해도 과언이 아닐 만큼 '작가님'이 넘쳐나는 시대가 되었다. 자격 있는 사람만 향유하는 특권이 아니라, 콘텐츠만 있다면 누구라도 글을 쓰고 책을 낼 수 있다니! 타자기 시대를 살아 본 편집자로서 AI가 쓴 소설을 읽는 것만큼 아찔하지만, 평범하고 나이 든 이들에게도 '글쓰기'라는 보검을 뽑아 볼 기회가 생겨서 다행이다 싶다. 꼭 책으로 만들어지지 않더라도, 글을 써 보는 노력과 과정에서 돈으로 살 수 없는 뭉클한 순간이 여러 번 찾아온다.

체력을 키우며 경험했지만, 그런 면에서 나는 글쓰기도 '잘'보다는 '오래'에 초점을 맞추고 싶다. 그런 사람으로 누가 있을까. 수많은 작가들을 제치고, 굳이 1937년생 여성 작가인 시오노 나나미를 꼽아 본다. 그에 대한 부정적 관점은 충분히 인지하고 있지만, 여기서는 글을 써 온 양과 시간이라는 '장점'에 돋보기를 대려고 한다.

스물일곱 살에 이탈리아로 건너간 그는 독학하며 고대 로마의 역사 현장을 누비고 다녔다. 그러다 1992년 57세 늦은 나이에 필생의 역작 〈로마인 이야기〉[35] 1권을 출간했다. 놀라운 점은 오히려 그 이후의 행보다. 2005년까지 해마다 한 권씩 발표해 총 15권으로 로마 천 년 역사의 대장정을 완결하겠다고 만천하에 공개 도전장을 던졌다. 혹시라도 중간에 포기하거나 쓰지 못할 사정 따위는 아예 염두에 두지도 않고 배수

진을 쳐 버린 셈이다.

얼마나 강단 있고 배짱 두둑한 사람인가. 게다가 허언으로 끝내지 않고 멋지게 그 약속을 지켜 냈다. 자기가 태어나 자란 일본 역사를 그렇게 써 낸다 해도 놀랄 판 아닌가. 그런데 '로마'란 말이다. 전 세계인의 영원한 로망이자 인간 문명의 토대 '로마제국의 흥망성쇠'를 사료로, 때론 픽션으로 종횡무진 엮어 가며 풀어냈다. 아마도 공부하면서 깨달은 로마인의 성공 전술을 자신의 강점으로 만들어 낸 것도 같다.

로마인은 패배하면 반드시 거기에서 무언가를 배우고, 그것을 토대로 하여 기존 개념에 얽매이지 않는 새로운 방식으로 자신을 개량하여 다시 일어서는 성향을 가지고 있었다.

2천 년이 흐른 지금까지도 '로마를 읽는다'는 건 지성인이라면 좌면우고할 수 없는 도전이자 재밋거리다. 우리나라에서도 전 국민의 베스트셀러로 떠올랐던 〈로마인 이야기〉 시리즈지만, 나는 몇 권밖에 읽지 못했다. 아니, 실은 읽지 않았다. 변명을 하자면, 노년의 넉넉해진 시간에 천천히 음미할 생각으로 남겨 둔 맛난 간식이랄까. 겨울이 오면 쟁여 둔 도토리를 까먹는 다람쥐처럼 야금야금 아껴 읽을 계획이다.

자칫 지루할 수 있는 역사적 자료를 자근자근 씹고 소화해 '마치 맨살에 착 휘감기는 비단옷처럼' 써 내려간 시오노 나나미. 15권을 완간한 나이가 대체 몇 살인 줄 아는가. 무려 일흔 살이다, 일흔 살! 그 나이에도 물러남 없이 치열하게 글을 써 내려면 도대체 어떤 정신과 태도로 살아야 하는 걸까. 자꾸 글쓰기에 꾀를 부리는 나 같은 작가는 도저히 넘볼 수 없는 거대한 산처럼 느껴진다. 글쓰기에 들인 절대적 시간과 땀, 의지에 절로 고개를 숙일 뿐이다.

누군가 그랬다. 작가란 그만두고 싶을 때까지 할 수 있는 평생 직업이니 얼마나 좋으냐고. 하긴 윗사람에게 잘릴 염려가 없다. 나이 먹었으니 이제 그만 쓰라고 종용하는 사람도 없다. 책을 내 줄 출판사가 없으면 어떤가. SNS로도 글을 쓰고 책을 내는 세상이 도래했는데. 질릴 정도로 읽고 쓰고 읽고 쓰고, 암튼 그렇게 살아도 되는 환상적인 직업이 또 있을까. (작가로서 돈을 버는 능력은 별개로 치자.)

좋다. 이왕 작가 반열에 발가락을 걸쳤으니, 자판

칠 기운이 떨어질 때까지 어디 한번 가보자. 일흔 넘어
서도 작가님으로 살아남기 위해 열심히 써 보자. (그러
니 자꾸만 책을 내도 자꾸만 읽어 주셔야 한다, 독자들이여.)
그러다 보면 누가 알겠는가. 머릿속으로 생각만 해도,
AI가 내 문체를 그대로 흉내 내서 척척 글로 바꿔 주는
세상이 열릴지. (정신만 멀쩡하다면, 죽기 직전까지 작가님
행세를 할 수 있겠군.)

　실은 우리에겐 "시오노 나나미, 어린애는 저리 가
라" 할 만큼 더 대단한 롤 모델이 이미 계시다. 1926년
생 박경리 선생이다. 44세에 〈토지〉[36] 연재를 시작해
서, 여러 잡지를 전전하면서도 끝까지 집필을 멈추지
않았다. 드디어 25년 만인 1994년 69세에 탈고해 〈토
지〉 5부 16권을 완간해 낸 엄청난 '작가님'이다. 상상
력은 타고났다고 치자. 그 연세까지 써 내려간 담력과
인내심, 추진력과 엉덩이의 힘에는 입을 다물지 못할
만큼 존경을 표할 따름이다.
　〈토지〉 역시 1부까지만 읽었고, 나머지는 일부러
쟁여 두기로 했다. 마치 인기 절정의 드라마 같아서, 시
간 날 때마다 드문드문 읽기에 감질난다. 따듯한 거실
흔들의자에 앉아 〈로마인 이야기〉 15권과 〈토지〉

16권을 양옆에 높이 쌓아 두고, 짜장면 시켜 먹으면서 책만 읽어도 될 날이 머지않아 오겠지. (내 눈아, 할 일이 많다. 잘 버텨 줘야 한다.) 일흔 넘어 더 이상 아무것도 쓰기 싫을 때, 읽기는 삶의 일용할 양식이 되리라. 눈이 아파 읽기 힘들면? 그땐 들으면 되지, 뭐.

관광객 말고
여행 생활자로 머물기

세상 사람들은 두 부류로 나뉜다. 용하다는 점쟁이를 찾아간 적이 있다! (손 들어 보세요.) 그렇다면 나머지는 아예 그런 데는 발길조차 해 보지 않았을 거다. (내 짐작 이지만.) 일부러 찾아가 점괘를 듣고 비싼 복채를 지불 해 봤다면, 단 한 번으로 끝나지 않을 것 같다. 반면 기회가 있어도 안 가 본 사람은 영원히 가지 않을 확률이 높다. 나는 후자에 속한다. 돈도 아까울뿐더러 애당초 '믿음'이 부족한 편이다. (드라마 〈구미호뎐〉의 여자 주인공은 '내 인생 스포당하기 싫어서' 안 간단다.)

딱 한 번 혹한 적은 있다. 30대 중반이었고, 육아와 회사 일을 병행하며 살기가 고달프던 시기다. 그날도 며칠째 늦은 시간까지 야근 중이었다. 책에 들어갈 자료 사진을 찍느라 포토그래퍼의 촬영이 끝날 때까지 내 내 현장을 지켜야만 했다. 외모나 목소리가 박수무당의 포스를 강하게 풍기던 저자도 함께 있었다. 본인도 기다리기 지루했는지 갑자기 점을 봐 주겠다고 나섰다.

평소 나라면 됐다고 손사래를 쳤겠지만, 장강명 소설 제목처럼 한국이 지긋지긋하게 싫었던 때였다. 단도직입적으로 딱 한 가지만 봐 달라고 물었다.

"제가 미국에 가서 살 수 있을까요?"

남편이 막 미국계 회사로 옮긴 직후였으니 아주 얼토당토않은 바람은 아니었다. 만약 왠지 용해 보이던 저자가 '갈 수 있다'고 호언장담했더라면 내 미래는 달라졌을까. 사는 터를 완전히 바꿀 정도로 큰 용기를 낼 수 있었을까. '다행히도' 그의 점괘는 부정 쪽으로 나왔다. (대체 무슨 근거였을까?) 억지로 미국에 간다고 해도 잘살 수 없을 거라며 아예 얼음물을 끼얹었다. (하하, 여러분은 그 덕에 지금 이 책을 읽고 계신다.)

실망감에 똥 씹은 표정을 지었더니, 병을 주고 나서 그나마 약도 조금 주었다. (이런 것이 바로 점쟁이의 전형적인 마케팅 기법 아닐까.)

"그래도 비행기 탈 일은 많겠어."

과연 그럴까? 88올림픽 이후 세계여행이 자유로워
진 지 10년이 지났건만, 그사이 외국 여행이라곤 싱가
포르 3박 4일이 고작이었다. 더구나 책 만드는 편집자
가 외국에 출장 갈 일이 얼마나 생기겠는가. 이미 '믿음'
이 사라지고 마음이 돌아선 나는 '흥! 돌팔이 박수무당
같으니라고' 하며 속으로 콧방귀를 뀌었다. 그리고 살
면서 새카맣게 잊어먹었다.

지금 와서 돌이켜 보니 그 점괘가 맞은 것도 같다.
아니, 그 저자는 내 미래가 아니라 세상의 흐름을 내다
봤나? 많은 사람들이 비행기를 타고 외국을 여행하는
것이 일상다반사가 되었으니까. 거기에다 남편 회사의
초청을 받아, 또 편집자들의 특권인 북 페어 출장 덕에,
나는 비행기를 '제법' 타는 사람으로 살아왔다.
그렇다 해도 여행이고 출장일 뿐 잠시 머물다 가는
관광객에 불과해서 여전히 갈증이 해소되지 않았다.
간신히 현지 생활에 익숙해지고 동네 지리에 훤해질 만
하면, 곧 짐을 싸고 떠날 시간이 다가왔기 때문이다.

많은 사람들이 은퇴한 뒤, 그리고 노후에 하고 싶은
일 1위가 여행이라고 입을 모은다. 여행만큼 시들어 가

는 몸과 마음에 건강한 긴장과 새로운 활력과 짜릿한 자극을 주는 일도 없기 때문이다. 아직까지는 이것저것 삶의 제약이 많아서, 충분하다 싶을 만큼 어딘가에 머물다 올 기회를 갖지 못했다. 만약 돈과 시간 걱정 없이 여유가 생긴다면 가능해질까? 가족의 일원으로 마땅히 해야 할 책임과 의무에서 자유로워지면, 그때는 어디로든 긴 여정을 계획할 수 있을까? 더 나이를 먹어도, 과감히 실행할 만한 체력과 호기심 그리고 용기가 남아 있을까? 혹시 남편과 내 뜻이 다르다면, 나 혼자서라도 저지를 만큼 절실할까?

70세 미국 여성 린 마틴의 마음도 나랑 비슷했나 보다. 다행히 그의 곁에는 (젊을 때 애인이었다가 35년 후 남편이 된) 놀랍도록 호흡이 착착 맞는 남편이 있었다.

말을 꺼내기 무섭게 이들 부부는 여행 생활자의 첫 단추를 끼웠다. 자식들과 친척들에게 계획을 통보한 뒤, 살림살이를 정리하고 살던 집까지 팔아 버린다. 원래 무모한 성격이라기보다 너무 충분히 먹은 나이 덕분이리라. 더 이상 젊지 않으므로 '언젠가는' 하면서 뒤로 미룰 수가 없었다. (흑! 내 경우엔 분명 여기서부터 발목을 잡힐 게 뻔하다. 20년 넘게 이사한 적 없는 아파트를 정리하다가 남은 생을 다 보낼지도 모른다.)

　우선 멋진 여행 기획가이자 동반자로서, 남편 팀 마틴을 칭찬할 수밖에 없다. 요금이 절반 가격인 '재배치 유람선'을 찾아내고, 가는 나라마다 적당한 숙소를 차질 없이 예약해 놓는다. (정말이지 나이 든 사람에게는 가장 취약한 정보다.) 왼쪽 오른쪽 운전대가 어디 있든 상관없이 운전기사 노릇을 한다. 어디서든 친구 될 사람을 알아보고 스스럼없이 어울리는 70대 남성이라니! (흑흑! 과연 내 남편도 그럴 수 있을까 따져 보니, 아파트를 다 정리했다 쳐도 또 한 번 용기가 꺾이고 만다.)

　린 역시 짝에 걸맞은 대단한 여성이다. 현지 식료품은 물론 통조림으로도 맛난 음식을 척척 만들어 낸다. 운전자 옆에서 늘 침착하고 조용하게 내비게이션 화면을 설명한다. 남편의 농담에 장단을 맞추고, 조금만 잘해도 과장해서 칭찬을 날린다. 어느 식당에 들어가든 맛있게 먹고, 어느 숙소에서든 잠을 잘 잔다. 이러니 부부가 같이 오랫동안 여행할 수 있나 보다. 이 용감한 부부의 좌우명은 '아무것도 미루지 마라'다.

비용을 감당할 형편이 안 되거나 실행하기에 너무 힘들 것 같거나 '우린 너무 늙었어'라는 한탄에 빠져

그냥 미뤄 두고 싶은 일이 생길 때마다 이 좌우명을 명심하려고 노력한다.

이들이 미룬 것은 오직 한 가지뿐이다. 본인들이 나이 들었다고 느끼는 것. 노인뿐 아니라 젊은이에게까지 영감과 희망을 심어 준 린 마틴 부부의 여행기 〈즐겁지 않으면 인생이 아니다〉[37]. 이 책을 덮고 나서 나도 일단 살아 보고 싶은 나라와 도시부터 나열해 봤다.

우선 가까운 일본의 두 도시 교토와 삿포로. 여러 번 가 봤고 어느 정도 말이 통하니 가장 자연스럽게 녹아들지 않을까. 네팔의 작은 도시 포카라에 머물면서 틈나는 대로 히말라야 줄기를 오르락내리락하고도 싶다.

리스트를 줄줄이 풀어내는 건 하나도 어렵지 않다. 다만 실천을 가로막는 몇 가지 허들부터 뛰어넘어야 한다. 주위 어르신들한테 여쭤 보니, 해외 경험이 제법 많은 분들도 나이 들면 짧은 패키지여행밖에 가지 못한다고 탄식한다. 일단 겁나고, 이단 귀찮고, 삼단 잘 몰라서 그렇단다. (그래서 70대 린과 팀 부부가 대단하다는 거다.) 실은 50~60대라고 해도 온라인으로 비행기 티켓을 예약하거나 숙소를 알아보지 못하는 이가 많다. 시간과 돈과 마음이 있더라도 짧은 자유 관광은커녕 여행 생활자로 살아 본다는 생각조차 하기 어렵다는 의미다.

겁나고 귀찮고 자신이 없더라도 남에게 의지하지 말고 직접 정보를 찾고 예약하고 계획을 짜 보는 경험을 포기해선 안 된다. 온라인은 어렵다고 고개부터 젓지 말고, 하나하나 차분히 배워 가면 나도 할 수 있다는 자신감을 갖자. 작년에 초행인 포르투갈과 베트남 여행 갈 때 미리 책을 보고 시간을 충분히 들여 공부했더니, 여행 일정이나 동선을 짜는 일이 훨씬 수월했다. 영불안하다면, 전에 가 봐서 친숙한 동네와 숙소를 골라 시험 삼아 '열흘 살기' 체험부터 해 보면 어떨까. (아마 나의 리스트도 처음엔 그렇게 채워지겠지.)

아! 온라인 예약은 걱정 없다 해도, 내겐 보다 큰 문제가 앞을 가로막고 있다. 더 이상 미루지 말고 우선 살림살이, 아니 책 정리부터 시작하자꾸나. 가장 커다란 난관은 집에 있는 물건을 트렁크 두 개에 옮겨 담는 '기적'일 테니까. 먼저 미니멀리스트가 되어야만 여행 생활자가 가능하다. 한국 밖으로 나갈 생각만 하지 말고 서울에서 벗어나는 연습부터. 경주, 통영, 강릉, 순천… 어디가 좋을까.

외로움은 물리치고,
고독은 익숙해지기

"띠리링 띠리링 띠리링!"

얼핏 잠에서 깨 실눈을 뜨고 창 쪽을 바라봤다. 어둠이 채 가시지 않은 새벽. 이 시간에 전화라니, 불길했다. 요즘엔 유선전화를 거의 쓰지 않는다. 내 집 번호조차 기억하기 어려울 정도다. 대부분 시골 사는 시어머니만 쓰는 핫라인이다. 나머지는 틀림없이 리서치나 광고용 스팸 전화. 그런데 이 시간이라면? 반사적으로 후다닥 일어나 수화기를 들었다. 아니나 다를까, 잔뜩 긴장한 어머니 목소리였다.

새벽에 갑자기 정전이 됐단다. 한겨울은 지났지만, 보일러가 돌지 않아 집이 너무 춥다고 하셨다. 냉장고랑 냉동고에 들어 있는 음식도 걱정이란다. 퓨즈가 타서 차단기가 내려갔나? 다른 집들도 죄다 정전이 된 건가? 어느 쪽이든 팔순을 훌쩍 넘긴 노인네가 혼자 감당하기 어려운 일이었다. 얼마나 주저하다가 전화를 하셨을까. 지난밤 술에 잔뜩 취해 들어온 남편을 흔들어 깨웠다. 사정을 듣자 (자기 집 일이니 당연하게도) 얼른 정신을 차렸다.

집에서 차로 한 시간 반쯤 달려가는데, 뿌옇게 하늘이 밝아 왔다. 가는 내내 우리는 아무런 말도 나누지 않았다. 당장은 정전으로 놀라셨을 어머니한테 마음이 쓰였다. 앞으로 이런 일이 계속 생길 텐데 어쩌나. 새벽부터 절에 가신다고 어두운 길을 걸어 다니시니 불안. 우리 집에 오실 때마다 농산물 싸 들고 버스를 타시니 걱정. 베어 낸 나뭇가지를 태운다고 아궁이에 불을 붙이다 불똥 튀길까 긴장.

엥? 그런데 집에 도착하니, 예상외로 어머니는 씩씩하게 따뜻한 아침밥을 짓고 계셨다. 아무래도 안 되겠다 싶어 바깥에 나가 보니 우리 집만 캄캄하더란다. 그 참에 윗집으로 도움을 청하러 올라가셨다. 친절한 이웃은 마침 이것저것 잘 아는 일꾼이라, 임시방편으로 전기선 하나를 끌어다 줬단다. (아이고, 고맙습니다.)

전기가 들어오자마자, 백발노인은 외려 아침도 못 먹고 달려올 자식들 위해 밥부터 신경 쓰셨다.

　혼자 사는 노인에게는 사소한 문제도 큰일로 다가온다. 그럼에도 '혼자라 무섭고, 아무것도 할 수 없네'라는 편안한 선택지를 어머니는 과감히 뿌리치신다. 대신 부지런히 머리와 몸을 놀리며 뭐라도 해결책을 고안해 본다. 소가 뒷걸음치다 개구리 잡듯, 대체로 가만히 있을 때보다 나쁘지 않게 해결된다. 참 희한하면서도 당연한 결과 아닐까. 어쩌면 어머니 나름으로 막막한 외로움을 물리치는 방법인지도 모르겠다.

　나이 들수록, 특히 노년 여성은 혼자 살아갈 확률이 '매우' 높아진다. 시어머니나 엄마만 봐도 알 수 있다. 건강한 남편에다 자식을 둘이나 둔 평범한 중년 주부였지만, 자식들 독립하고 '전혀' 뜻밖에도 배우자가 먼저 세상을 뜨는 바람에, 어쩔 수 없이 뒤늦게 1인 생활자가 되고 말았다. 아마도 지금 내 나이인 50대에는 상상 못해 본 일이리라. 그러니 누구라도, 나 역시 그리 되지 않는다고 보장하긴 어렵다.

　'혼자 산다'는 일은 뭘 의미할까. '스스로' 의식주를 챙기고 문제가 생길 때마다 '홀로' 결정해야 한다. 그 결과까지 '온전히' 책임져야 한다. 그나마 젊을 때 혼자 살기는 '자유'와도 상통하겠지만, '나이 들어 혼자 산다'는 외롭고 우울하고 심각하다.

벤자민 버튼이 아닌 이상 현재보다 몸 상태는 나빠질 테고, 나아진다는 희망은 희박하다. 노인들의 흔한 입버릇처럼, 계속 살아야 할 이유가 딱히 없다. 저만치에서 기다리는 확실한 진리는 오직 죽음뿐. 그렇다고 멀쩡한 혀를 깨물 수도 없는 일이다. (얼마나 아프겠는가?)

이러지도 저러지도 못하는 날이 찾아오면, 나는 노후대책으로 〈마션〉[38]의 마크 와트니를 떠올릴 참이다. "아무렴, 걔보다야 낫겠지" 위안하며 살아갈 용기를 얻을 테니까. 어린 시절, 내가 아는 '나 혼자 살며 버틴다'의 최고봉은 로빈슨 크루소였다. 무인도에 홀로 떠내려온 그는 죽음보다 더한 외로움에 좌절했지만, 넘치는 시간을 놀라운 생존력으로 채워 나간다. 그나마 로빈슨은 숨이라도 맘껏 쉬었지. 21세기의 상상력은 사막도 북극도 아닌, 급기야 화성에 마크를 홀로 떨어뜨렸다. 지구에서는 그가 죽은 줄 알고 있고, 거주용 막사에는 겨우 한 달 치 식량만 남았을 뿐이다.

만약 버틸 수 있는 시간이 3개월쯤이라면, MBTI 같은 성향에 따라 다른 태도를 취하겠지. 첫째, 아무 계획 없이 있는 식량 다 때려 먹고, 감성에 빠져 징징거리다가 일찌감치 죽는다. 둘째, 남은 식량을 계산해 철저히 계획을 세우고, 매일 뭘 할지 시간표를 짜고, 이것저것 시도해 보다가 탈진해서 죽는다. 셋째, 식량도 남고, 물도 있고, 세 달의 시간이 주어졌지만, 어차피 죽을 테니 겁나서 미리 목숨을 끊는다. 나는 과연 어느 쪽에 속할까.

문제를 하나씩 해결해 나가면서 끊임없이 일을 벌이는 마크는 두 번째 부류에 속한다. 거기다 굉장한 세 가지 장점이 있어 생명을 부지하도록 지켜 준다. 당장 내일 죽을지도 모르는데, 막사에 감자 농사를 짓는 낙천성은 존경할 만하다. 식량이 부족해지면 한쪽 팔을 잘라 먹어서 칼로리를 얻겠다는 유머는 가히 압권이다. (금세 철회하긴 했다.) 죽음과 맞먹는 실패에도 이불 속에 기어 들어가는 건 잠깐, 다시 몸을 움직이고 머리를 굴리는 회복 탄력성은 대체 어디에서 배웠을까. (부모의 터프한 육아 방식 중 하나였다.)

마크는 죽지 않으려고 발버둥 치지 않았다. "아이

고, 끝이네. 난 죽었네. 다 망했네"를 남발하지만, 단 한 번도 치사량의 모르핀이 있다는 사실을 떠올리지 않는다. 언제 눈을 감는 순간이 찾아올지 모르지만, 마치 부지런한 농부처럼 누가 보든 말든, 밥을 먹고 감자를 돌보고 고장 난 기계를 고치며 일상을 반복한다. 작은 기쁨에 환호하고, 주어진 것에 쉽게 만족하고, 온갖 것을 시도해 보는 '화성의 시끄러운 헨리 소로'. 그는 어떻게 해야 외로움을 물리치고 고독과 친해질 수 있는지 몸소 실천한다.

퇴직 후, 나는 집에서 혼자 일한다. 사무실에서 동료들 사이에 앉아 있을 땐 잘 몰랐는데, 혼자 운동하고 혼자 글 쓰고 혼자 밥 먹는 생활이 싫지 않다. 일찌감치 혼자 생활해 보는 실제 훈련에 돌입한 셈이다. 일본의 정신과 의사이자 은퇴 전문가 호사카 다카시는 말했다. 노후를 잘 보내기 위해서는 혼자 지내는 힘을 키워야 한다고. 이름하여 '고독력'이다. 나이 들어 가는 이들은 누구나 꼭 갖춰야 할 필수 능력이다.

〈에이리언〉으로 우주 배경에 이미 도가 튼 리들리 스콧 감독의 영화를 책보다 먼저 봤다. 늘 연기에 진심인 맷 데이먼이 마크 역할을 맡지 않았다면 그만큼

흥행에 성공했을까. 그 황량하기 그지없는 붉은색 사막은 실제로 요르단에서 촬영했다고 한다. (화성은커녕 거기에만 홀로 떨어져도 일주일을 넘기기 어려워 보였다.)

한글로 번역된 소설을 읽어도 이해하기 어려운 화학 공식과 기계 설명이 잔뜩 나오는데, 어쩐지 나는 〈마션〉을 영어 버전으로 읽고 싶다는 충동을 느꼈다. 영어 사전을 찾는 데 골몰하느라, 아마도 2년간은 외로움에 빠져들 겨를이 없을 거라 장담한다. 더불어 공부하며 견디는 고독력까지도 절로 키워지리라.

노후에 혼자 보내는 시간을 꼭 외롭고 우울하게만 여기고 싶진 않다. 독실한 불교 신자인 시어머니는 하루에 두 번 '금강경'을 읽으며 기도한다. 엄마 역시 고요하게 사경을 쓰면서 잠이 오지 않는 밤을 밝힌다. 아직 정신이 명징할 동안, 잘 버텨 온 내 영혼을 다독이고 남아 있는 누군가를 위해서 기도하면 어떠리. 어느새 바짝 곁으로 다가온, 다시 돌아갈 우주와 교감하는 기회로 삼아도 좋겠다. 나이 들기 전에는 갖고 싶어도 가장 확보하기 어려웠던 시간이거늘.

우리는 사돈지간인 두 어머니를 진작부터 함께 모시고 여행을 다녔다.
독거노인이 된 두 분은 자매처럼 허물없이 지내며 서로 의지하신다.

네 번째 노후대책

〜〜〜〜〜〜〜〜〜〜〜〜

살피는 마음

내가 품고 싶은 살피는 마음은

상대편 입장을 배려하며 '내가 싫으면 남도 싫다'를 실천하는 자세다.
성의껏 주위를 둘러보는 관심이다.
"고마워, 미안해, 사랑해"와 친한 벗이다.
나와 너, 우리까지 아우르는 책임감이다.

속마음을
제때, 제대로 표현하기

드라마 〈사랑의 이해〉를 보셨는지? 나는 그냥 본 정도가 아니라 홀딱 빠져들었다. (내용이 얼마나 다른지 궁금해서 원작 소설까지 사서 읽었다.) 누구는 고구마만 백 개쯤 욱여넣은 것처럼 속이 답답하다고 했다. 마지막 회가 다가오는데도 주인공 남녀 관계엔 별 진전이 없었다. 가슴을 두드리며 사이다를 벌컥벌컥 들이켜고 싶을 지경이었다. "사랑한다"고 한마디만 제대로 하면 되는 순간에 그냥 뒤돌아서니까.

"대체 쟤들은 왜 저러는데? 사랑하는 일이 그렇게 어려워?"

내가 보기에 그 젊은이들에게 부족한 자질은 하나였다. 좋아하는 감정을 '확실하게' 표현하기. 그래야 상대방이 헷갈리거나 불안하지 않다. 그것이야말로 겨우 사랑의 시작이며 '이해'인데, 두 사람은 비겁하게도 자존심의 '이해' 타산을 먼저 따졌다. 속마음을 100퍼센트 내보이지 않았다.

유독 그 드라마를 눈여겨본 이유는 나 또한 젊은 시절에 반복했던 실수이기 때문이다. 드라마를 보면서 주인공들을 탓했지만, 내 심장 역시 몹시도 꼬여 있었다. 감정의 고질병 같았다. 마음 가는 사람이 있는데 일부러 시치미를 떼고 냉정하게 굴었다. 그런 식으로 행동해도 언젠가는 내 맘을 알아주리라 믿었다. (절대 모른다.)

이따위였으니, 모처럼 다가온 연애 기회를 살리지 못했다. 싹도 틔우지 못한 채 지레 시들어 버리기도 했다. 외로움에 사무쳐 이불 속을 구르고 있을 때 짠! 하고 나타난 남자가 있었다. 그의 '건강하고 지속적인' 구애가 아니었다면, 외로이 꽈배기나 씹고 있는 독신 할멈으로 살았을지도 모른다.

누군가에게 먼저 다가가 호감을 표현하거나 칭찬하는 것은 부러운 재주다. 사랑에 휩싸이면 눈에 콩깍지가 씌니, 일방으로 흐르는 관계도 가능하겠다. (이것도 오래가지는 않는다만.) 그러나 보통의 사람 사이는 어디 그런가. 아무래도 내게 호감을 보이는 쪽으로, 저울추 올리듯 점점 관심이 기울어지기 마련이다.

칭찬도 마찬가지다. 고래를 춤추게 한다는데, 사람한테는 얼마나 큰 위력을 발휘할까. 설사 아부를 떠는 빈말이라도 반복되면, 그 시선을 의식해 신경 쓸 수밖에 없는 것이 인지상정이다. '열 번 찍어(칭찬해서) 안 넘어가는 나무 없다'는 속담은 이런 경우에 딱 들어맞는다. 숨김없이 감정을 잘 표현하고 제대로 전달하는 능력을 갖추었다면, 타인과 관계를 맺는 데 훨씬 유리하다.

가즈오 이시구로의 소설을 좋아한다. 복제 인간이나 미래형 인공지능 로봇이 등장하는데도, 순수문학으로 읽기에 전혀 이질감이 없으니 신기하다. 구멍가게에 앉아 있는 노인에게 과자 봉지를 내밀었는데, 첨단 기계로 바코드를 척척 찍어 대는 행동이 자연스레 느껴지는 기분이랄까.

1989년 작가에게 일찌감치 부커상을 안긴 〈남아있는 나날〉[39]은 겨우 36세에 쓴 소설이다. 주인공 스티븐스는 평생 위대한 집사로 충직했고 품위를 잃지 않았다고 자부하지만, 사실 집사에게 '위대한'이란 수식어는 어울리지 않는다. 주인이 시키는 대로 따를 수밖에 없는 역할이기 때문이다. 어찌 보면 그의 인생에서 (주인과 상관없이) 주체적으로 자기감정을 드러낼 시간, 그로 인해 삶의 전환을 가져올 수 있는 기회는 딱 한 번뿐이었다.

본인 밑에서 총무로 일하던 켄턴 양의 짙은 호감을 받아들였다면, 두 사람 사이는 달라졌을 게 분명하다. 호감인 줄 몰랐다고? 오! 나처럼 심장이 꼬인 남자여. 켄턴 양이 큼직한 꽃병을 들고 들어오면서 뭐라고 했나. 바깥은 햇빛이 환한데, 당신의 공간은 너무나 어둡고 추워 보인다고 말했다. 자기라도 빛과 온기를 전하고 싶은 마음을 꽃으로 대신한 셈이다.

당신에게 관심을 기울이고 있다는 것을 드러내는 말과 행동이 곧 호감이다. 사랑하는 감정을 느낀다는 다른 표현이다. 예를 들어 켄턴 양은 스티븐스더러, 지금 무슨 책을 읽고 있는지 알려 달라며 집요하게 졸라 댄다. 이만하면 얼굴에 여드름이 잔뜩 난 중학생도 알아차렸겠다. '나 당신에게 관심 많아요'라는 표시다. 진짜 몰랐다면? 사랑할 자격이 없는 멍충이다. 만약 알면서도 모르는 척 사무적으로 대했다면, 누군가로부터 똑같은 벌을 받아 마땅하다.

켄턴 양이 날린 결정적인 한마디는 그야말로 내 정

곡마저 쿡쿡 찌른다.

말해 보세요, 스티븐스 씨. 당신은 왜, 왜, 항상 그렇게 '시치미를 떼고' 살아야 하죠?

지난 인간관계를 되돌아보면, 최선을 다해 진심을 준 사람한테는 그다지 아쉬움이 남아 있지 않다. 오히려 미적지근했던, 성숙하지 못했던, 시치미를 뗐던 서투른 감정은 '그때 내가 왜 그랬을까' 두고두고 마음 밑바닥에서 부끄럽게 꼼지락댄다.

발을 쭉 뻗고 인생의 좋은 저녁을 맞이하려면, 비뚤어지고 꼬인 경직된 마음을 풀어야 한다. 다가오는 이에게 마음을 활짝 여는 법을 배우고, 때로는 내가 먼저 다가가 문을 세차게 두드려야 한다.

속에 품은 진심 중 제때, 확실하게 표현해야 좋은 마음이 비단 '사랑'뿐일까. 남아 있는 나날 중 사랑할 수 있는 기회가 몇 번이나 더 올지는 매우 회의적이다. 오히려 나이 들면서 우리가 더 숱하게 느끼고 전해야 하는 마음은 고마움과 미안함이다.

나이 듦의 다른 이름이 지혜라면, 그 덕목은 특히

사람 사이의 관계에서 더 빛을 발해야 한다. 어려서는 잘 몰랐고 젊어서는 자존심 때문에 미처 전하지 못한 마음들. 그냥 가만히 있으면 알아주는 이가 없다는 경험을 무수히 해 놓고, 나이 들어서도 또 반복할 것인가.

표현하는 데 인색하면 상대방도 점점 비슷해진다. 타인이 보내는 호의나 도움, 선물을 당연하게 받아들이지 말고 고마움을 표하는 연습이 필요하다. 내가 잘못을 했거나 폐를 끼쳤거나 작은 실수를 했을 때라도 꼭 사과하고 넘어가는 태도가 습관으로 자리 잡아야 한다. 특히 친한 사이일수록, 그리고 부부나 가족 사이에서는 더 위력을 발휘하는 법이다.

고맙거나 미안한 순간에 스티븐스처럼 항상 시치미를 뗀다면 결과는 뻔하다. 켄턴 양이 자기 마음을 모른 척하지 않은 남자한테 새처럼 날아가 버렸듯, 주위에 아무도 남지 않게 된다. 가뜩이나 나이 들면 점점 인색해질까 두려운데, 뒤늦게 허허벌판에 나 홀로 서 있지 않도록 돈 안 드는 인심이라도 아끼지 말고 쓰자.

꼭 원작 소설을 먼저 읽은 뒤 동명의 영화도 챙겨 보기를. 반드시 사이다를 옆에 가져다 놓고 봐야 한다. 아무것도 모르겠다는 표정으로 시치미를 떼는 안소니 홉킨스의 연기에 울화통이 터질 테니까. (<사랑의 이해>에 비하면 고구마 2백 개 수준이다.) '이렇게까지 했는데도 모른다고?' 싶은 엠마 톰슨의 절망적인 표정은 그야말로 압권이다.

나이 든 이들에게 '남아 있는 나날'은 짧다. 더 이상 에너지를 낭비할 여유가 없다. "사랑해, 고마워, 미안해"를 제때, 제대로 꽉꽉 날리면서 살자. 익숙하지 않아서 말로 하자니 어색하다고? 뭐가 문제인가. 우리한테는 문자와 이모티콘이 있는데.

독선에 빠져
똥고집 부리지 말기

나이 들수록 친구와 다투는 일이 생기지 않게 조심, 또 조심해야 한다. 기분은 쉽게 상하는데 여간해선 풀리지 않는다. 자존심은 세지고 아량은 줄어들기 때문이다. 남의 말에 귀 기울이지 않고 내 의견만 옳다고 똥고집을 부린다.

　자주 만나는 모임 안에서 두 친구끼리 맘 상하는 일이 생겼다. 따지고 보면 별것도 아닌 일인데 조개처럼 입을 꾹 다물어 버렸다. 다 같이 모이면 두 사람 눈치를 보느라 모두가 불편해졌다. 어느 한 사람이 먼저 털고 넘어가면 될 일을, 자존심 내기라도 한 것 같았다. 특히 둘은 따로 만나기도 하는 친한 사이여서 더 섭섭했는지도 모른다. 이런 경우, 시간이 갈수록 점점 어색해져서

관계를 회복하기 힘들다.

주위를 살펴보면 친척 간이나 형제 사이에도 이런 일이 비일비재하게 벌어진다. '불편한데 뭘 굳이 만나냐'고 자기 태도를 합리화하면서 '안 만나도 아무 상관없다'며 인간관계를 좁혀 간다. 세상에 묵은 친구만큼 좋고 편한 사이가 어디 있을까. 기껏 쌓아 온 정을 칼로 무 자르듯 쉽게 잘라 버리고, 새로운 사람을 사귀느라 아양을 떤다. 이럴 땐 어떤 현명한 이를 찾아가 가르침을 받아야 하나. (법륜 스님은 딱 맞는 해법을 주실 것 같다만.)

〈국제수사〉라는 영화 속 한 장면이 기억에 남는다. 배우 곽도원이 형사 역할을 맡아 죽도록 개고생 하는 코미디다. 계속 킬킬대며 보다가 딱 한 장면에서 찔끔했다. 아버지인 그가 초등학교 3학년짜리 어린 딸에게 고백한다. "매번 생일을 챙겨 주던 친구랑 싸웠다"고.

"그럼 아부지가 먼저 사과혀. 친구끼리 싸우는 거 아녀."

"아부지가 먼저 잘못한 것도 아닌디 먼저 사과하란 말여?"

"아부지가 착하니께. 그니께 먼저 사과혀."

아이를 키워 본 부모라면 늘 입에 달고 살았던 말이

아닌가. 철없는 아이도 아는 천하의 진리를, 나이 들어
가면서 다 까먹으면 어쩔꼬.

친구랑 다투고 다시 안 보는 상황은 그나마 좀 낫
다. 가장 큰 문제는 자식과도 비슷한 일을 벌이는 부
모가 수두룩하다는 점이다. "내가 너를 어떻게 키웠는
데?" 같은 지질하기 짝이 없는 레퍼토리를 반복하다가,
결국엔 불같은 노여움을 쏟아 낸다. "다시는 이 집에 발
도 들이지 마라"라고 어리석은 치명타를 날린다. 온갖
정성 들여 힘들게 키운 자식을 못 보고 살면 누구만 손
해일까?

독선과 오만에 빠진 아버지가 끝내 맞이한 고난을
냉혹하게 보여 주는 비극이 있다. 셰익스피어가 쓴 4대
비극 중 하나인 〈리어왕〉[40]이다. 여든 나이까지 브리
튼 왕국을 다스려 온 강력한 군주 리어왕. 그게 다 무슨
소용인가. 똥고집 부리는 바람에 자식들과 불화를 일
으켰는데. 그는 생애 막판에 부모가 하지 말아야 할, 그
러나 부모가 흔히 저지르는 잘못을 했다.

첫째, 세 딸에게 아비를 얼마나 사랑하는지 묻고 그
대답을 저울 위에 올려놨다. 신하들 앞에서 "하늘만큼

땅만큼 아버지를 사랑한다"는 말을 듣고 싶은 허영심에 빠졌기 때문이다. 만약 공개된 경쟁 무대에서 똑같이 물었다면, 내 아들은 '왜 저래?' 하고 나랑 눈도 맞추려 들지 않을 것 같다. 유치원생에게나 통하는 바보 같은 질문을 해 놓고 리어왕은 말도 안 되는 망령을 부렸다.

"나를 더 즐겁게 못했으니 넌 아니 태어난 것만도 못하니라."(태어나는 순간 자식은 이미 본연의 소명을 다했다.)

둘째, 자기 몸 하나 누일 거처도 없이, 두 딸에게 재산을 몽땅 나눠 줘 버렸다. 만약 가난한 자식이라면 부모가 미리 물려주는 재산을 고마운 배려라고 기껍게 여기리라. 오히려 먹고사는 데 지장 없는 자식에게는 불화를 일으키는 독이 될 수 있다.('있는 놈들이 더하다'라는 말도 있지 않은가.) 재산 분배라는 고심하고 또 고심해도 모자랄 중대사를 홧김에 처리하다니. 게다가 한낱 미물인 달팽이조차 왜 집을 갖고 다니는지 몰랐단 말인가.

"자기 뿔 넣을 데가 없어지면 안 되니까."(바보라고 늘 업신여기던 광대도 아는 사실을.)

셋째, 어차피 많은 수행 기사를 거느리고 살 계획이었다면, 왜 자식 신세를 지려 했을까. 권력은 없으면서

왕이라는 이름만 가진 늙은 아비는 결코 반가운 존재가 아니다. 번갈아 가며 딸들 집에 거처를 정한다고 했을 때부터 천덕꾸러기 신세는 따 놓은 당상이었다. "아버지를 사랑한다며? 그래서 재산도 다 나눠 줬잖아?"라며 뒤늦게 따져 봤자 두 딸에겐 씨알도 안 먹힌다. 화장실 가기 전과 나온 후 마음은 달라졌으니까.

"그녀의 찌푸린 눈살에 신경 쓸 필요가 없었을 때 당신은 괜찮은 친구였는데, 이젠 값없는 숫자 영이 됐어."(어차피 죽고 나면 다 알아서 나눠 가졌을 텐데.)

넷째, 극악무도한 자식이 원망스러워 아무리 머리 뚜껑이 열렸다 해도, 부모가 자식에게 저주를 내뱉어서야 쓰겠는가.

"이 여자의 자궁에 불임증을 옮기고 생식기관 다 말려 썩어 빠진 그 몸에서 그녀를 존중해 줄 아이는 절대 아니 태어나게 하소서." (아무리 자식이 미워도 대를 끊어 달라고 빌다니.)

자식은 어디서 태어났나. 본인이 한 말대로 자기 살이며, 피며, 뼈로 만들어졌다. 종양이나 썩은 피라도 부모가 만든 생명이다. 그러니 자식에게 퍼붓는 악담은 곧 부모에게 그대로 되돌아가는 부메랑과 같다. 입 밖으로 뱉어 봤자 다 자기 얼굴로 떨어지는 가래침이다.

2018년 런던의 '듀크 오브 요크' 극장에서 공연한 연극 〈리어왕〉을 봤다. 직접 영국까지 가서 객석에 앉아 현장감을 느꼈다면 오죽 좋았겠냐만. (대신 무슨 말인지 하나도 못 알아들었겠지.) 장충동에 있는 국립극장에서 커다란 화면으로 녹화된 공연을 보여 주는 NT라이브는 저렴하면서도 실제 무대만큼이나 실감 난다. 정면 말고도 카메라 각도가 다양하게 펼쳐지기 때문이다. 우리 가족이 시즌마다 즐기는 문화 행사 중 하나다. 리어왕을 누가 연기했을까. 〈반지의 제왕〉에서 간달프로 나온 80세 이언 매켈런이 동갑인 리어왕을 맡아 혼신의 몽니 연기를 선보였다.

나이 들수록 독선에 빠진 행동과 말은 꿈속에서조차 금물이다. 안 그래도 끼워 주기 싫을 텐데, 남이 하는 말을 귀담아듣지 않고 자기 말만 옳다고 침을 튀기면 누가 과연 말이나 섞을까. 어디든 나타나는 순간, 보기 싫은 저승사자나 냄새나는 괴물 보듯 피하려 들겠지. 그나마 돈 많은 영감이나 할멈이라면 면전에선 좀 참아주려나? 아니, 리어왕을 보면 독선에 눈이 멀어 결국 돈 잃고 자식은 물론 가까운 충신마저 놓치는 자업자득의 대표 주자가 되질 않나.

어쩌다 친구와 싸우고 자식과 다툴 수는 있다. 그래도 쓸데없는 똥고집은 부리지 말자. 특히 자식에게 부모의 권력을 남용했다가는 리어왕 꼴 되기 십상이다. 당신이 무조건 먼저 사과해라. 착한 사람이, 그리고 더 사랑하는 쪽이 지는 거다. 져 주는 거지만 실은 이기는 거다.

아! 두 친구는 결국 화해를 했냐고? 나처럼 사리에 밝은 친구를 중재자로 두었는데 말해 뭐 해.

평범한 일상이
'선물'임을 깨닫기

요 근래 어머니와 엄마를 함께 모시고 강원도 고성으로 여행을 떠나곤 한다. 올봄에도 1박 2일로 다녀왔다. 왜 하필 고성이냐면, 두 분 다 편안히 여기는 숙소가 있기 때문이다. 남편은 운전대를 잡고 나는 그 옆에 앉아 뒷좌석에서 도란도란 들리는 두 분의 말소리를 엿듣는다.

'어? 지난번에도 다 하신 말씀 아닌가?'

우리는 힐끔 눈을 마주치면서 소리 없이 웃는다. 무슨 상관이랴. 두 분만 재미있으면 그만이지.

서울 벚꽃은 다 졌는데, 강원도라 때마침 벚나무가 절정이어서 꽃 터널을 이뤘다. 창밖을 내다보는 두 어머니 입에서 동시에 탄성이 흘러나온다.

남들은 연로하신 두 사돈을 함께 모시고 다니니 힘

들지 않느냐고 묻는다. 힘들기는커녕 지금 이 순간, 이 풍경이 안온하고 평화로워서 눈물이 날 뻔했다. 두 어머니가 별일 없이 건강하시기에, 자식들이 누릴 수 있는 선물이며 축복이기 때문이다.

별일이 없는 한 토요일 오전엔 오래된 친구들과 어울려 실내 배드민턴을 친다. 모임 밴드를 만든 지 8년이나 흘렀다. 처음 함께 시작한 멤버는 딱 네 명이었다. (복식을 치려면 골프와 비슷하게 최소 인원을 4인으로 맞춰야 한다.) 철인 삼종을 같이 했던 남사친 두 명과 남편, 그리고 나. 그러다 친한 친구를 하나 더 끌어들여서 남성 멤버가 넷으로 늘어났는데, 여성은 여전히 나 혼자라 짝이 맞지 않았다. 게다가 아무리 번갈아 쳐 준다 해도 남자들과 비등하게 게임을 하기엔 역부족이었다.

밥을 먹으면서 툴툴거릴 수밖에 없었다.

"나 혼자라 재미없어! 다음번엔 꼭 와이프들 다 데리고 나와!"

배드민턴은 운동에 별 취미가 없는 사람이라도 한번 해 볼까 맘이 동할 만큼 진입 장벽이 낮다. 마치 일본어를 배울 때처럼 웃으면서 시작하지만, 무릎이 시큰거려 엉엉 울면서도 그만두지 못한다. (그만큼 재밌다.) 그리하여 와이프 세 명까지 입성. 여느 클럽 부럽지 않게 네 쌍의 부부가 함께 노는 '배드민턴 토요일'이 이어지고 있다. (지금은 새끼를 많이 쳐서 부부 두 쌍을 포함한 여덟 명의 멤버가 더 생겨났다. 16명이 다 모이는 날엔 진짜 왁자지껄하다.)

만나면 배드민턴만 치겠는가. 세 시간 정도 땀을 흠뻑 흘리고 나서 점심을 먹으러 다 같이 몰려간다. 식사 후에는 근처 카페로 옮겨 커피를 마신다. (노트북파 학생이 많은 '별다방' 말고, 넓으면서도 한갓진 꽃중년 전용 카페를 몇 군데 찍어 놨다.) 금방 만난 사람들처럼 수다와 웃음꽃이 끝없이 이어진다. 공감 능력이 떨어지는 남편 흉을 보거나, 한창 불붙은 자식 연애사가 등장한다. 부모님 건강 걱정이 쏟아지고, 모처럼 냉장고를 바꿨다든지 회사 직원이 속을 썩인다는 등, 시시껄렁하고 자질구레한 일상이 조르르 펼쳐진다.

이것들 봐요, 집에 안 가? 아침 9시에 만나 오후 3시를 넘겨서야 헤어지니, 토요일 하루를 다 잡아먹은 셈이다. 여기서 더 흥이 넘치면 결국 가까운 친구네 집으로 몰려가 아예 저녁까지 해결할 때도 있다. 대단할 것도 특별할 것도 없는 이 평범한 토요일을 위해, 다들

5일의 힘든 노동을 견뎌 낸다. 50대 중반을 넘기고 보니 알 것 같다. 별 탈 없이 보통의 일상을 유지하는 것 자체가 행복이라는 사실을. 각자 아픈 데 없고, 별 걱정거리 없고, 집안에 큰 문제가 없기에 토요일에 나와 즐거운 시간을 보낼 수 있다. 우리에게 이런 토요일이 대체 얼마나 남았을까.

〈올리브 키터리지〉[41]라는 소설 제목을 처음 접했을 때, 왜 올리브 열매부터 먼저 떠올렸던가. (하긴 누군가는 피클 종류일 거라고 생각했단다.) 책을 펼치고 나서야, 체구가 크고 성격이 고집스러운 중년 여성 이름이라는 사실을 알았다. 읽어 갈수록 단편도 아니요, 연작도 아닌 특이한 구성에 신경이 쓰였다. 이름을 책 제목으로 내세울 만큼 주인공이면서도 첫 등장부터 올리브는 형편없는 조연 신세다. 마치 회전하는 돋보기로 메인주 크로스비 주민들 속사정을 하나씩 예리하게 훑는 것 같달까. 그들의 삶과 시선을 통해 독자들은 올리브라는 인물의 단면을 조금씩 알아 나간다.

오히려 올리브가 소설 주인공으로 전면에 나서는 순간은 뭔가 그의 인생에 큰일이 벌어졌을 때다. 그때마다 베이는 상처, 여전히 남아 있는 흉터. '겪어 보니 그때가 좋은 시절이었구나'라며 한탄하지만, 이미 훌쩍 지나가 버린 시간, 그리고 사람들.

　대단한 이야기꾼인 작가 엘리자베스 스트라우트가 허점 많고 상처투성이지만 강인한 올리브를 통해 전하고 싶었던 메시지는 뭘까. 내 멋대로 이 한 문장으로 받아들였다.

> 누가 뭐래도 삶은 선물이라고. 나이가 들어간다는 것은 수많은 순간이 그저 찰나가 아니라 선물임을 아는 것이라고.

　일상을 마구 휘젓는 불행이 벌어지고 나서야, 우리는 루쉰 소설에 등장하는 바보처럼 비로소 알 뿐이다. 별일 없이 흘러갔던 시시한 일상, 주인공이 아니라 그저 지나가는 행인 1, 2의 삶이 어쩌면 천국의 다른 이름이 아니었을까. 그러니 언젠가 가겠다는 생각으로 벽장 속 '여행 바구니' 안에 책자만 차곡차곡 모아 봤자 헛된 짓이다. 지금 주어진 시간을 온전히 누리거나, 오늘 하루도 충분하고 고맙다는 마음으로 채워 가야만 후회가 없다.

남편 헨리가 저세상으로 가버린 뒤에야, 그동안 자기 앞에 놓였던 타르트 접시가 그의 선량함으로 가득했다는 사실을 깨닫는 올리브. 그 마음을 모르고 부담스러워하며 부스러기를 털어 내 버림으로써, 인생의 가장 좋았던 순간을 그만 하루하루 낭비하고 말았다.

어머니가 우리 집에서 주무시고 가는 날. 아침에 일찍 일어났는데, 어머니 방에서 뭔가 투닥투닥 소리가 난다. 벌써 일어나셨나? 아하! 아침에 눈을 뜨면 온몸을 꼼지락거리고 사지를 돌려 보면서, 별문제 없이 잘 움직이나 확인부터 하신단다.

'자, 복된 하루가 시작되었구나. 오늘도 열심히 움직여 보자.'

그리고 감사하는 맘으로 체조를 하는데 지금이 바로 그 시간인가 보다.

나이 들면 그 흔한 일상마저도 곶감 빼먹듯 순식간에 줄어든다. 여든을 넘긴 노작가 어슐러 K. 르 귄도 책 제목으로 말하지 않았나. 노인에겐 〈남겨둘 시간이 없답니다〉[42]라고. 한가로이 이 책에 빠져들어 읽고 있는 지금이, 당신에게 가장 좋은 때다.

애틋한 눈으로
주위를 둘러보기

어쩌다 드라마 〈닥터 차정숙〉을 보기 시작했는지 모르겠다. 가정만 돌보던 전업주부가 갑작스레 뛰어든 현장이 '병원'이라서 호기심을 유발했나? 평소 즐겨 보는 드라마 취향과는 전혀 맞지 않았다. (참고로 〈로맨스는 별책부록〉, 〈이번 생은 처음이라〉처럼 같은 로코라도 새콤신선한 청춘물을 좋아한다.) 그럼에도 마지막 편까지 지켜봤고, 몇몇 장면에선 나도 모르게 감정을 이입하고 말았다.

아내에게 간이식이 필요한데, 의사인 남편은 선뜻 내주겠다고 나서지 못한다. 처음엔 원래 지질한 남편 캐릭터라 그렇게 설정했거니 싶었다. 그렇다면 지극히 보통 남자에 속하는 내 남편은? 과연 한 치의 주저함도 없이 "옜다!" 하고 내줄까? 자는 남편을 흔들어 깨워 진지하게 묻고 싶었다만, 약은 남편은 대답하기 전에 먼저 물을 게 뻔했다.

"너는?"

내 대답이야 무조건 "물론이지"다. 진짜 닥치지도 않은 만약의 일인데, 굳이 안 하겠다고 대답해서 부부 사이에 얼음 바람을 불러일으킬 필요가 어딨나. (나중에 검색해 보니 고혈압 환자는 간 이식이 불가능하단다. 즉 우리 부부는 서로에게 전혀 도움이 되지 않는다.)

〈슬기로운 의사생활〉에서도 비슷한 장면을 다룬 적이 있다. 아무리 사랑하는 부부 사이라 해도 그 '선뜻'은 쉽지 않은 결정이다. 짐작해 보건대 아마도 생살을 찢는 고통이 뒤따를 테고, 후유증처럼 미처 알 수 없는 뒷감당이 두렵기 때문이리라. 지극히 약하고 이기적인 동물에게 충분히 있을 법한 흔들림이라고 본다.

그나마 부모나 자식, 형제, 부부에 대해선 그 두려움에 맞설 만한 가족으로서 '도리'라도 있지. 마땅히 해야 할 의무나 책임도 없는 생판 남에게 기증이나 이식을 결행하는 사람들은 대체 무슨 맘일까? 인간의 한계를 뛰어넘어, 신의 경지와 비슷한 선의가 필요한 일 아닌가.

　내 주위에도 그런 친구가 한 명 있다. 40대 때 전혀 모르는 남에게 골수를 기증했다. 요즘에야 큰 고통 없이 비교적 간단하게 헌혈하듯 채취한단다. 친구의 경우는 며칠간 입원해 전신마취를 한 뒤, 골반뼈에 100회 넘게 주삿바늘을 찌르는 방식이었다. 게다가 깨어나서도 꽤나 아팠다고 말한 것이 기억난다.

　죽고 난 뒤에는 나도 각막(라식을 했으니 지금은 이것도 안 되겠군)과 장기, 육체를 기증하기로 결정했다. 하지만 살아 있는 동안엔 친구처럼 살신성인의 결심은 도저히 못할 것 같다. 아니, 못한다. 마음먹기도, 실천하기도 힘든 일임을 솔직하게 고백한다.

　그래도 될 만큼 '이식'은 나와 전혀 상관없는 일이라고 여겼다. 그런데 맙소사, 몇 년 전 중학생이던 조카가 골수를 이식받아야 하는 병에 걸렸다. 다행히 100퍼센트 일치하는 골수를 금세 찾아 수술을 받았다. 누군지 모르겠지만 내 친구처럼 대단한 선의를 지닌 사람의 은혜를 입었다.

　입원한 형을 문병하느라 소아암 병동에 드나들던 두 살 아래 동생은 갑자기 머리를 기르기 시작했다. 주위에서는 다들 '멋 부린다'고 여겼다. 조카는 2년간 한

번도 자르지 않고 고이 기른 머리카락을 '어머나(어린 암 환자를 위한 머리카락 나눔) 운동본부'에 기부했다. 땀을 줄줄 쏟고 운동량도 많은 편이라 더 힘들었을 텐데, 기특한 녀석. 세상은 그렇게 선한 영향력을 주거니 받거니 하면서 한 걸음씩 나아가나 보다.

〈닥터 차정숙〉을 보다가 (나이 든 엄마가 하듯) 텔레비전을 향해 삿대질을 하며 나도 모르게 욕이 튀어나온 장면도 있다. 어릴 때 미국으로 입양된 아이가 의사가 되어 한국으로 돌아왔는데 가족을 찾고 싶어 유전자 등록을 했다.
　너무 쉽게 가족과 연락이 닿는 바람에 좀 의아했지만, 떨리는 가슴을 부여잡고 만남의 자리에 나갔다. 그때 잘 차려입고 나온 누나가 그를 보자마자 건네는 말이 가관이었다. 휠체어를 타고 나온 나이 든 아버지에게 골수를 기증해 달라는 거였다.
　하! 인간으로서 일말의 양심이 있다면 적어도 "미안하다" 소리가 먼저 나와야 정상 아닌가. 더구나 살 만큼 산 노인이 생명에 집착해서 염치를 내다 버리고, 천년만년 살 것처럼 발버둥 치는 것만큼 추한 모습이 있을까.

"어릴 때 내다 버린 아들 골수까지 빼 먹으면서, 얼마나 더 오래 살고 싶어 그러냐, 이 추한 노인네야!"

아니다, 흥분을 가라앉히자. 목숨이 달린 문제니 넓은 아량을 베풀어 노인이라도 그럴 수 있다고 치자. 혹시 돈이라면 어떨까. 만약 그 아들이 의사로 변장한 사기꾼이어서, 골수를 빼 주는 조건으로 아버지의 전 재산을 요구한다면?(아무래도 막장 드라마를 너무 봤네.)

내 짐작엔 오히려 목숨을 포기하지 않을까. 누구나 빈 몸으로 왔다가 빈 몸으로 떠나는 것이 인생의 변함없는 진리거늘, 평생 다 쓰지도 못할 종잇장(요즘엔 그냥 숫자에 불과하지만)을 목숨처럼 움켜쥐고 있다가 결국 망령 나는 노인이 얼마나 많은가. 하긴 목숨보다 더 내놓기 힘든 것이 돈인지도 모른다. 돈가방만 내던지면 되는데, 그걸 들고 가겠다고 욕심부리다 총에 맞아 죽을 인간이 부지기수니까.

그래서 "나이 들면 지갑은 열고 입은 다물라"는 말이 생겼나? 그만큼 노인들에겐 지갑을 활짝 여는 일도, 입을 꼭 다무는 일도 실천하기 어려운 행동이기 때문이다.

누군가에겐 목숨보다 더 귀한 돈이지만, 20대 젊은 나이부터 도무지 예를 찾기 힘들 만큼 남에게 재산을 퍼 준 독지가가 있다. 그러면서도 지퍼를 닫은 것처럼 한결같이 입을 꾹 다물고 살아왔으니 대단하달 수밖에. 혹시 태생부터 천석꾼, 아니 만석꾼이었냐고? 여덟 살에 친어머니를 여의고, 가난해서 중학교밖에 졸업하지 못하고, 15세부터 한약방에서 점원으로 일해 78세까지 쉬지 않고 돈을 벌어 온 '김장하' 선생이 바로 그 주인공이다.

　힘들게 번 돈이면 더 내놓기가 힘들 텐데, 대체 어떤 마음으로 기부를 하기 시작했을까. 가난 때문에 배우지 못해서, 후배들만큼은 그런 일이 없었으면 했단다. 한약업에 종사하면서 번 돈은 세상의 병든 이들, 곧 누구보다 불행한 사람들한테 거둔 이윤이기에 결코 자신을 위해 써서는 안 된다고 여겼다. 똑같은 인간으로 태어나서 이런 생각을 할 수 있다니, 진정한 '어르신'으로 불릴 만하다.

　아름다운 부자 김장하 취재기 〈줬으면 그만이지〉[43]를 읽어 보니, 돈을 기부한 범위도 예사롭지 않게 촘촘했다. 마치 긴급 수혈한 소중한 피를 전달하는 실핏줄 같았다. 누구에게 도움이 더 절실하고, 어느 곳으로 흘러간 돈이 근본을 바꿀 수 있는지 깨달은 자의 의지가 잘 드러난다.

돈을 버는 데만 골몰하고 죽을 때까지 꽉 움켜쥐거나 천박하게 써 대는 졸부들이 득세하는 구린 물질만능주의 세상. 남들 다 가는 그 쉬운 길을 역행하면서 흔해 빠진 자동차 한 대 없이, 30년 된 소파 위에서 번 돈으로 '나눔 철학'을 보여 준 선생의 존재만으로도 썩는 냄새가 정화되는 것 같다.

김장하 선생님을 닮고 싶은데 도저히 제가 따라갈 수가 없는 거예요. 그래서 목표를 바꿨죠. 김장하의 100분의 1, 아니 1000분의 1이라도 되자. 그렇게 100명의 김장하, 1000명의 김장하가 생기면 사람 사는 세상이 좀 더 빨리 올 수 있지 않을까 생각합니다.

나도 목표를 바꿨다. 그의 100000분의 1이라도 되자고. 2023년 2월 튀르키예 대지진이 일어났을 때, 기부금 조금 내는 것 말고 다른 방법이 없을까 고심했다. 그때 8년 전인 2015년 네팔 지진 때 해 본 '십시일반' 온라인 모금 운동이 퍼뜩 떠올랐다.

'그래, 혼자 가면 빨리 가지만 여럿이 가면 멀리 간다잖아.'

작가가 되었으니 사람들이 그때보다는 더 내 말에 귀 기울여 주겠지 은근히 기대하긴 했다. 그렇게 많은 분이 호응하며 '선뜻' 돈을 보내 줄지는 몰랐지만. SNS로 연결된 500명에게 5천 원씩 걷어 250만 원을 모금하는 것이 목표였는데, 마지막 날 통장을 열어 보다가 울컥했다. 세상에! 총 모금액이 놀랍게도 그 두 배를 넘어버렸다. 그에 호응하는 마음으로 내 몫을 넉넉하게 합쳐 600만 원을 튀르키예 대사관에 송금했다. 약간 수고했을 뿐인데 10만 원이 60배로 커진 기적이 벌어졌다.

몇 년 전부터 부모 없는 어린아이를 (성인이 될 때까지) 후원하고 있다. 지금은 남편과 반반 나누어 내는데 (부부가 같이 하는 일 참 많네), 곧 한 구좌씩 따로 늘릴 작정이다. 돈을 벌기 시작한 아들도 동참하자고 꼬드겨야지. 굳은 책임감을 갖고 오랫동안 유지해야 하는 일이다.

하하, 지갑은 쪼끔 연 주제에 입은 나불대니, 역시 나는 김장하 선생 발톱 쪼가리에도 따라가지 못하겠네. 비록 몸의 고통을 참지 못하는 쫄보지만, 대단히 큰돈을 내놓긴 어렵다만, 내가 선 자리에서 내가 할 수 있는 만큼 남을 살피려 한다. 나이 들어 추하게 발버둥 치지 않으려는 최소한의 노후대책으로 말이다.

지구를 위해
'자그맣게' 협조하기

남편과 한집에 산 지 꼭 30년이 흘렀다. 집 앞에 텅 비었던 공터가 울창한 공원으로 바뀔 만큼 긴 세월이다. 수두룩하게 다투면서도 갈라서지 않은 '용한' 인연을 자축하며, 조촐한 기념식이라도 가져야 할까.

"이번 결혼기념일에 무슨 선물 사 줄 거야?"

"뭐 필요한 거라도 있어?"

"(얼른 가장 비싼 걸로) 새 차?"

"그럼 너 좋아하는 BMW는 어쩌고?"

하! 그럴 줄 알았다. 30년 묵은 능구렁이처럼 요리조리 잘도 빠져나간다. (원래 우리 부부는 기념일 같은 이벤트를 우습게 여기는 쪽이다. '평소에나 잘해!'주의자들이니까.) 하긴 남편 말마따나 나는 이미 비싸고 널찍한 BMW를 애용하고 있다. 아니, 정확히 말하자면 BMBW인가? bus(버스), metro(지하철), bike(자전거), walking(걷기) 말이다. 덕분에 지하 주차장에 세워 놓은 내 차 위에는 먼지가 뽀얗게 앉아 있다. 출고된 지 10년이 훌쩍 넘은 헌 차다. 그럼에도 겨우 10만 킬로미터밖에 달리지 못했고 외관도 멀쩡하다.

이왕 '헌 차' 얘기가 나왔으니 내 친구들 얘기를 안 할 수가 없다. 대학 동기 몇 명과 오랜만에 제주도로 여행을 떠났다. 회계를 맡은 나는 다섯 명이 탈 수 있는 21년형 렌터카를 골라 두었다. 다들 일찌감치 면허를 딴 베테랑이니, 어쩌다 한번 운전하는 나한텐 차례가 안 올 줄 알았다. 그런데 자꾸만 나더러 운전대를 잡으라고 등을 떠미는 게 아닌가.

"괜찮겠어? 내가 평소 운전을 잘 안 해서 보고 있으면 속 터질 텐데?"

알고 보니 나름의 사연이 있었다. 한 친구는 나보다 '더 오래된' 구식 차여서, 스마트 키는 물론 새 차 기능에 익숙하지 않단다. 다른 친구는 남편과 미국에 머물 때부터 타던 '좀 더 오래된' 국산 차를 배로 싣고 와서 여전히 탄다고 했다. 얼마 전 작은 부품 하나가 고장 났는데, 국내에 없어서 미국으로 주문했다나. 또 다른 친구 역시 '지금은 브랜드조차 사라진' 예전 소형차를 아직도 몰고 있었다. (게다가 수동 기어란다.)

우리끼리 얼마나 배를 잡고 웃었는지 모른다. 그나마 10년 넘은 내 차가 기능적으로 가장 새 차에 가까우니, 운전을 도맡을 수밖에.

대한민국에서 자가용이야말로 나의 지위와 부를 상징하는 즉물적 재산 아닌가. 많은 이가 차의 중요한 기능인 승차감보다, 내릴 때 남들이 바라보는 '하차감'에 더 신경 쓰기 마련이다. 월급이 적은 젊은이들조차 일종의 빚 개념인 캐피털을 이용해 처지에 맞지 않는 차를 장만하기도 한다.

그런 전반적인 사회 분위기에 아랑곳하지 않고 여전히 낡은 구식 차를 몰면서 끄떡도 하지 않는 자신감 좀 보소. 역시 내 친구들답다. 우리가 왜 대학에 들어가자마자 그 많은 동기 틈에서 눈이 맞았는지 알겠네. 비슷한 깃털을 알아보고 끼리끼리 만난 셈이다.

물론 헌 차를 탄다고 해서 무조건 칭찬받을 일은 아니다. 다만 내 경우와 마찬가지로 2년마다 자동차 검사를 무사히 통과할 만큼 차를 잘 관리했다는 점, 연식에 비해 주행거리가 짧으니 아무래도 자동차를 덜 탔다는 사실을 내포한다.

휘발유 값은 물론 새 차 구입할 돈을 아꼈으므로 경제상 이익이고, 대중교통을 이용하거나 걸었으니 몸에도 이득이다. 게다가 나를 위해 한 일인데, 더 나아가 환경과 지구를 위하는 쪽으로 조금이라도 보탬이 되었다면, 이런 '조개 먹고 진주까지 따는' 효과가 또 있을까.

아예 자가용을 타지 말자거나 세상에서 없애 버리자고 구호를 외치는 거창한 환경주의자로 사는 건 감히 엄두도 내지 못한다. 대신 헌 차를 아껴 굴리면서 BMW를 자주 애용하는 풀뿌리 실천이라도 열심히 해야지.

내가 선 자리에서 그나마 수월하게 지구를 위해 협조하는 길이 또 뭐가 있을까 둘러보다 시작한 활동이 '플로깅'이다. 산을 오르거나 산책할 때마다 길섶에 떨어져 있는 비닐 쓰레기를 그냥 두고 지나치기가 영 찝찝했다. 대충 몇 개 손으로 주워 주머니에 집어넣는 수준이 아니라, 이왕이면 본격적으로 해 보자 싶어 간단한 장비부터 장만했다.

등산로 초입부터 한 손에는 긴 집게를 들고, 다른

한 손에는 쓰레기 넣을 봉투를 쥐고 올라간다. 막상 주워 보니 남들 눈에 띌 만한 큰 쓰레기는 함부로 버리지 못해도 '요 정도야 괜찮지 않을까?'라는 심보로 흘린 사탕이나 초코 바 껍질이 가장 많았다. (나무랑 하늘이랑 까치가 다 보고 있다, 얌체들이여.)

내 건강을 위해 산에 오르는 것이지만, 약간의 시간과 수고만 곁들이면 자연이 깨끗해지는 일거양득 효과를 거둔다. 아니, 실은 플로깅에는 한 가지 더 괄목할 만한 이득이 있다. 집게와 쓰레기 봉투를 양손에 쥐고 산을 타는 나를, 누구 하나 음험한 눈으로 쳐다보지 않기 때문이다. '존경'까지는 아니어도 뭔가 '대견'하다는 눈빛이랄까. (아, 나는 그냥 산에 오르는 것도 힘든데, 저 여인은 쓰레기까지 줍다니!) 슬쩍 멈춰서 먼저 가라고 길을 내주거나 "좋은 일을 한다"며 인사를 건네는 분이 많다. 할수록 건강해지면서 덕까지 쌓는 신통방통한 노후대책이 아닐 수 없다.

이기적인 마음으로 시작했지만, 꾸준히 이어 나가면 세상과 지구에 보탬이 되는 자그마한 활동을 더 많이 찾아내 실천할 생각이다. 그래야 힘들지 않고 즐겁게, 오래 유지해 나갈 수 있기 때문이다. 손주가 화학성분이나 미세 플라스틱을 흡수할까 봐 베이킹 소다와 천연 수세미로 설거지하는 할머니의 마음은 친환경 활동으로 이어진다. 내 몸에 좋은 음식을 먹고자 생활협동조합에 가입하고, 전기료를 아끼고자 베란다에 태양열 패널을 설치하는 일은 기후 위기 대응과 맥을 같이한다.

나는 사람들에게 경고를 하기도 한다. 게으른 허무주의에 유혹당해서는 안 된다고. 한 가지 해결책이 우리를 구해주는 것이 아니기에 우리가 하는 모든 일이 중요하다.

지구에 대해 끝까지 희망을 버리지 말고 용기를 내라고 나를 부추긴 사람은 존경하는 여성 과학자 호프 자런이다. 그가 쓴 책 〈나는 풍요로웠고, 지구는 달라졌다〉[44]는 서너 번 읽은 내 환경 교과서다. 그는 우리의 '창백한 푸른 점'을 위해 작은 발걸음부터 떼자고 당부한다.

참, 그래서 남편한테 선물은 받았는지 궁금하다고? 어느 날 어여쁜 참새 두 마리가 벚꽃을 입에 물고 우리 집 거실로 날아들었다. 남편이 깜짝 선물로 배달한 그림 한 점 속에서 사랑스럽게 마주 보고 있다. 그까짓 새 차보다 훨씬 친환경적이고 다정한 결혼 30주년 기념품이 아닌가.

편견에 지지 않는
페미니스트로 살기

아버지는 퇴근길에 뇌출혈로 갑자기 쓰러지셨다. 누군가의 신고로 달려온 119 차에 실려 근처 병원으로 옮겨졌다. 연락받자마자 가족들이 달려갔지만, 뇌를 살릴 수 없다는 통보를 받았다. 중환자실에 누운 아버지의 의식은 돌아올 리 없었다. 그런데도 60대 엄마는 매일 마땅히 해야 할 의무처럼 한 달 가까이 병원에 머물며 시위잠을 잤다. 사는 동안 애틋하기는커녕 서로 지지고 볶았는데도 말이다.

　중환자실 보호자의 처지란 열악하기 그지없었다. 입원실이 없으니 보호자가 머물 공간이 따로 없었다. 대기실 좁은 의자에 앉아 졸거나, 후미진 층계참 쪽에 얇은 자리를 깔아 놓은 게 고작이었다. 그곳을 들락거리며 초췌한 모습으로 종일 대기하는 사람들은 죄다 아내들이었다. 갓 결혼한 앳된 새댁부터 어린 아기를 들쳐 업은 젊은 엄마, 본인이 병원에 드러누워도 전혀 이상하지 않을 할머니까지. 병자를 돌보는 행위가 마치 타고난 숙명이라도 되는 양 하나같이 씩씩하게 받아들였다.

동병상련으로 순식간에 마음을 연 그이들을 한 걸음 떨어져 지켜봤다. (난 아내가 아니라 딸이었으니까.) 남편 병수발에 인생을 바친 듯한 태도가 바보 같기도 하고 숭고해 보이기도 했다. 그러면서도 '아내라면 당연하다'는 식으로 무심코 받아들이는 내가 왠지 징그러웠다.

만약 그들 사이에 웬 남편 하나가 끼어서 극진하게 아내를 돌본다고 치자. 사람들의 온갖 관심과 칭찬을 한몸에 받을 것이다. 하도 이색적이라 <순간포착 세상에 이런 일이> 카메라가 출동할지도 모른다.

과연 세상의 이목이 집중되었다. 뇌종양에 걸린 아내를 병 수발하는 남편이 영화 주인공으로 발탁되었으니까. 2015년에 개봉한 임권택 감독의 영화 <화장>은 촬영하기 전부터 화제를 그러모았다. 일찌감치 (2004년) '이상문학상'을 받은 김훈 소설이 원작인 데다가, 남자 주인공은 흥행 보증수표 안성기였다.

자그마치 세 거장이 만났는데도, 영화관에 불이 켜지고 일어서는 순간까지 영 마음이 께름칙했다. 인간의 소멸과 생성을 넘나들며 화장火葬과 화장化粧을 메타포로 삼은 대작이라고 대대적인 홍보를 하지 않았나. 그런데 불편함을 넘어 불쾌함으로 퍼져 가는 쓴맛의 정체가 뭘까.

내가 품고 있던 여성성이 작품성을 압도한 것이다. 전에 만난 중환자실 아내들이 숙명처럼 받아들였던 '돌봄의 윤리'가 소설이나 영화에서 전혀 느껴지질 않았다. 여성이라면 당연히 해 온 흔해 빠진 일이, 왠지 남성에겐 '성자의 희생'처럼 포장된 기분이랄까. 암 환자인 아내의 똥물을 닦아 준 뒤 젊은 여성을 떠올리는 욕망 속으로 도망치는 남편 앞에서, 나도 똑같은 수치심을 느꼈다. 기계처럼 의무를 수행하느니 차라리 "당신만큼 나도 힘들어 죽겠다"며 남편이 질질 짰더라면, 오히려 인간적이라 그나마 공감을 불러일으켰을지도 모른다.

영화 〈죽여주는 여자〉를 보면서, 감독의 의도야 어쨌든 전혀 감정을 이입하지 못한 이유도 비슷했다. 소외

되고 비참한 노년의 상황을 쓸쓸하게 그렸음에도 인간
이라는 유한한 존재의 애잔함으로 수긍되지 않았다. '박
카스 할머니'라는 사회의 밑바닥 나이 든 여성에게 강제
된 폭력성이 내게는 훨씬 더 불편했기 때문이다.

반면 29세 남성 간호조무사에게 성폭행을 당한 효
정의 이야기 영화 〈69세〉는 달리 보였다. 보는 내내
고통스러웠지만 적어도 수치스럽지는 않았다. 성적 호
기심을 부추기는 사실 묘사를 일부러 피해 간 섬세함이
느껴졌다. 나이 든 여성을 향한 세상의 무관심과 편견
에 작지만 의미 있는 짱돌을 던진 이 영화는 두고두고
여운을 남겼다.

김영옥의 책 〈흰머리 휘날리며, 예순 이후 페미니
즘〉[45]을 읽으면서 정확하게 깨달았다. 여성이라는 정
체성에 '나이'까지 얹으면, 앞으로 더 고약한 편견 앞에
내던져지겠구나. 나약하고 추한 존재로서 무시되고 소
외되고, 어쩌면 이리저리 굴려지겠구나.

페미니즘은 삶의 모든 국면, 그동안 역사가 구축해
온 지식 체계 전반을 젠더 관점에서 낯설게 보고 새
롭게 정초하는 데 힘을 써 왔다. 그러나 그 페미니즘

의 대안 세계 안에서도, 늙고 병들고 아프고 돌보며 돌봄 받는 이들의 이야기는 변방에 머문다.

"나는 페미니스트"라고, 네 번째 책이자 김은령 작가와 함께 쓴 〈두 여자의 인생편집 기술〉[46]에서 소신을 밝힌 바 있다. 쉰을 훌쩍 넘어 예순을 향해 나아가고 있으니, 내 삶의 무대에도 어김없이 병과 치매, 돌봄의 문제가 환영받지 못하는 주인공으로 올라설 것이다. 아니, 삽시간에 노년과 고독, 이별의 세 마녀가 찾아와 맥베스에게 저주했듯 고통스러운 인생 2막을 열어젖힐 수도 있다. 나도 모르는 사이 슬그머니 죽음이 다가와 커튼콜을 준비하고 있을지도 모르지. 그러니 이제는 '나이 든 페미니스트'의 정체성으로 더더욱 고개를 바짝 쳐들고 눈을 부릅떠야 할 때다.

저자 김영옥은 내 세대보다 10년쯤 앞서 나간 여성이다. "수풀을 헤치고 잡초를 밟아 가며 어렵게 낸 작은 길"을 꼿꼿이 걸어가고 있다. 이제 그 바통을 이어받아 좀 더 많은 여성이 그 길을 따라 걸어가며 발자국을 내야 한다.

세상이, 남성이 함부로 비하하는 '아줌마, 여사님,

할머니'의 틀에 갇히지 말아야지. 상투적이고 무례하고 비뚤어진 고정관념이 아닌가, 의심하고 따져 보고 저항할지어다. 뒤따라올 여성 후배들과 딸들을 위해, 무엇보다 나 자신이 흰머리 난 여성으로 움츠러들지 않기 위해.

내가 좋아하는 작가이자 비평가 존 버거는 40년을 함께해 온 아내 베벌리(향년 71세)를 저세상으로 떠나보낸 뒤 〈아내의 빈방〉[47]이라는 책을 써서 추모사를 대신했다. 집에서 병간호를 하며 아내가 죽는 마지막 순간까지 지켜본 그는 이렇게 회상한다. 하루에 여섯 번씩 아내의 몸을 씻겨야 했을 때, 기저귀로 대소변을 받아야 했을 때, 욕창을 막기 위해 발뒤꿈치와 팔꿈치를 닦아 줘야 했을 때도 아내는 비할 데 없이 아름다웠다고. 그 비할 데 없는 아름다움은 아내가 살고자 품은 용기에서 흘러나왔다고.

이 부분을 읽다가 왜 내 마음이 먹먹해졌는지, 현명한 독자들은 아시겠지.

2023년 결혼 30주년을 맞아 남편과 여행했던 필리핀 보홀섬.
처음으로 스킨스쿠버 체험을 함께했고, 바다 거북이와 신나게 스노쿨링을 했다.

다섯 번째 노후대책

꼿꼿한 판단

내가 유지하려는 꼿꼿한 판단은

세상의 순리를 따라가는 마음이다.
삿된 유혹에 넘어가지 않는 의지다.
자유로운 몸으로 가고 싶다는 희망이다.
마지막 순간까지 지키고자 하는 인간으로서의 존엄함이다.

호구 안 되게
정신 줄 똑바로 잡기

어머니가 60대 후반 무렵이었나. 시댁에 갔더니, 못 보던 물건이 안방을 떡하니 차지하고 있지 뭔가.

'요것이 무엇인고?'

전신 마사지 기계란다. (요즘엔 의자 형태로 나와 많이 보급되었지만 그때만 해도 보기 드물었다.) 하도 해 보라고 권하셔서 못 이기는 척 누워 봤다. 오호라! 과연 어머니 말대로 마사지의 신세계가 펼쳐졌다. 자갈만 한 덩어리가 머리부터 종아리까지 굴러다니면서 온몸을 지압해 줬다. 온도까지 뜨끈해서 노곤하니 절로 눈이 감겼다. 얼핏, 우리 집에도 하나 있으면 좋겠네 싶을 정도였다.

그런데 가격을 듣고 나서 벌떡 일어나다 담 걸릴 뻔했다. 평소 절약에 도가 트신 어머니가 사들이기엔 꽤

고가품이었다. 게다가 더 큰 문제는 부피 아닌가. 평소
엔 반으로 접어 놓을 수 있다지만, 펼치면 싱글 침대 매
트만 했다. 부모님이 쓸 때마다 접었다 펼쳤다 하기엔
힘겨울 것이 뻔했다. 그렇다고 예전 보료처럼 방에 계
속 펼쳐 놓기에도 거추장스러웠다. 신기한 물건이라는
기미가 사라지자 마사지 기계는 흉물 취급을 받았다.
구석에 처박혀 있다가 동네 경로당에 기증되는 신세로
전락했다.

　아무리 생각해도 어머니답지 않은 합리성 제로의
충동구매였다. 얘기를 들어 보니 공짜로 받곤 하던 서
비스가 사달이었다. 친구분들과 그 업체 객장에 놀러
가 마사지를 받고, 간식을 얻어먹고, 작은 선물을 받아
오셨다. 처음엔 몰랐는데 횟수가 잦아질수록 점점 눈치
가 보이더란다. 이참에 집에서 식구들이 다 같이 쓰면
좋을 것 같아, 결국 카드로 덜컥 사 버린 거다. 후회막
심이어서 그곳엔 얼른 발길을 끊었지만, 그럼 뭐 하나.
12개월 할부금은 통장에서 뭉텅뭉텅 빠져나가는데.

　어머니만 탓할 일이 아니다. 같이 다니던 어르신들
도 뭔가 하나씩은 다 사셨다니까. 그 연세에는 귀가 얇
아지나? 판단력이 흐려지나? 아니면 타인이 건네는 다

정하고 친절한 말에 앞뒤 안 가리고 홀딱 넘어가나?

하긴 비단 노인만 그러겠는가. 마음이 야무지지 못한 나도 부끄러운 충동구매의 역사가 만만치 않다. 옷 가게에 들어가 이것저것 걸쳐 보고 난 뒤에는 미안해져서 뭐라도 구입할 확률이 매우 높아진다. 헬스클럽이든 요가 학원이든 직원과 상담을 나눈 뒤에는 "시간 내줘서 고마워!" 하고 그냥 꽁무니를 빼기가 쉽지 않다.

아차 하는 순간 '호갱님'이 되지 않으려고, 될 수 있으면 바로 결정을 내리지 않고 일단 그 자리를 모면하는 습관을 들였다. 시간이 좀 흐르면 진짜로 내게 필요한 소비인지 아닌지, 가출했던 판단력이 돌아오기 때문이다. (전혀 생각나지 않으면 다행이고, 며칠 지났는데도 눈앞에 삼삼하고 가슴이 두근거리면? 다시 가야지, 뭐.)

세월이 흘러서 시행착오했던 경험이 쌓이면 보다 현명해질까? 선택하고 판단하고 결정짓는 일이 더 수월해지려나? 그럴 리가! 불행하게도 첨단 디지털 기술이 고도로 발달한 문명 세상은 나이 든 이들을 똑똑하게 살아가지 못하게 가로막는다. 소외시키고 어지럽히고 헷갈리게 만들 뿐이다.

이 기회를 놓치면 손해 막심이라고, 전화번호만 톡

톡 누르면 어떤 물건이든 살 수 있다고, 텔레비전 쇼핑 천국은 하루 종일 침을 튀긴다. 나이 들수록 마음은 더 약해지고 판단력은 흐려질 텐데, 소비자로서 숱한 유혹의 난관을 잘 헤쳐 나가기가 쉽지 않다.

소비를 잘하거나 못하거나 하는 차원의 걱정으로만 끝나면 그나마 다행이다. 별별 정보와 가짜 뉴스가 물밀 듯이 쏟아지는 반면, 믿을 만한 거름망이 별로 없는 요즘 세상에선 어떤 의견을 따라가야 할지 헷갈리기만 한다. 그뿐인가. 일반인에게 침투하는 보이스피싱 같은 사기 수법 또한 놀랍도록 다양하고 정교해서, 도무지 진위를 파악하기 어렵다.

점점 세상 물정에 어두워지고, 기계와 디지털에 취약해지고, 주위에 의논할 사람조차 적어지는 나이 든 이들에게 사방은 그야말로 지뢰밭처럼 변한다. 뒤늦게 쓰라린 가슴을 움켜쥐고 닭똥 같은 눈물을 흘려 봤자, 이미 당한 피해를 복구하기란 쏟아진 물을 주워 담는 것만큼이나 어렵다.

지금 노인들뿐 아니라, 나에게도 금세 다가올 슬픈 현실이다. 그렇다 해도 가급적이면 정신 줄 똑바로 부여잡고 나름 현명한 선택을 하고 싶다. 어렵고 헷갈린다고 나 몰라라 하지 않고, 그동안의 경험과 배움에서 우러나온 내 지혜를 믿어 보리라. 두 어머니께도 늘 당부하지만, 나 또한 쉽사리 호구되지 않기 위해 되새기곤 하는 전제가 있다.

첫째, 공짜를 탐해서는 안 된다. 뭔가 받으면 나중에라도 대가를 치르게 마련이다. 함부로 신세를 지거나, 선물을 받거나, 밥을 얻어먹지 말자. 마음이 약해져서 냉정하게 판단하기 어려워진다. 차라리 손해를 보더라도 내가 도와주고 베푸는 쪽에 서는 편이 홀가분하다.

둘째, 인간이기에 누구나 착오하고 실수할 수 있다. 다만 똑같은 잘못을 반복하는 것이 문제다. 실수하고도 배우지 못하면 바보고, 끝내지 못하면 중독자다. 바보나 중독자야말로 호구 후보 1순위 아닌가.

셋째, 시중 가격이나 상식보다 저렴하다면 두 번쯤 의심해 봐야 한다. 하자가 있거나 가짜일 확률이 높다. 물론 어쩌다 한번 좋은 물건이 싸게 얻어걸릴 수는 있겠지. 하지만 시간도 안 쓰고 발품도 안 팔았는데, 그런 행운은 자꾸 굴러 들어오지 않는다. 정말이지 어쩌다 한번이다.

넷째, 소탐대실하지 말자. 작은 돈을 아끼려다가 더 큰돈을 쓰거나 그만큼 수고해야 한다면 얼마나 어리석은가. 만 원도 안 되는 물건을 잘못 샀는데, 아까워서 택시 타고 달려가 바꾸는 꼴이다. 물건이 싸다고 잔뜩 사서 들고 오는 바람에, 몸살 나고 병원비가 두세 배 더 들었다는 실화를 종종 듣는다.

다섯째, 혼자서는 영 모르겠다면 다른 이들에게 물어보자. 생각 외로 친절한 도움과 조언을 얻을 수 있다. 또 '거절'은 힘들지만, 몇 번 연습하고 횟수가 쌓이면 훨씬 수월해진다. 나중에 후회하는 것보다 지금 거절하는 것이 오히려 뒤끝 없다.

현실에선 똑똑히 처신하려고 이렇게 머리를 굴리는데, 하필 노인 사기에 관련된 책을 읽다가 된통 '호구' 된 적이 있음을 고백한다. 우타노 쇼고가 쓴 〈벚꽃 지는 계절에 그대를 그리워하네〉[48]는 작가가 독자를 속이기로 작정한 소설이다.

주로 노인들을 등쳐 먹으며 물건 판매는 물론 협박과 사기 보험, 살인까지 서슴지 않는 악덕 업체가 등장한다. 그들이 노인들을 유혹하기 위해 늘 써먹는 솔깃한 문구는 '무료, 전원 증정, 2만 엔(20만 원) 상당의 선물' 등이다. (어디나 똑같군.)

노인 대상으로 어떤 사기를 치는지, 불법 기업의 전

형적인 수법을 객관적으로 깨닫게 하는 학습 효과가 크다. 읽는 것만으로 예방 교육이 꽤 되니까. 다만 이제 대충 알았으니 사기당할 일은 없겠다고 기고만장하지 말길 바란다. 이 소설이 왜 일본의 '이 미스터리가 대단해' 1위를 수상했는지, 나도 400쪽쯤 읽고 나서야 깨달았으니까. 노인들 사기당하지 않게 정신 줄 쥐라고 강조하지만, 동시에 그 점을 미끼 삼아 독자에게 사기를 치는 소설이니 노후대책으로 겸사겸사 읽어 보기를.

　세상에 공짜란 없다. 모든 관계가 '기브 앤드 테이크'로 이루어진다는 사실은 유치원생도 안다. 일확천금 따위는 바라지도 꿈꾸지도 말자. 지나치게 욕심을 내는 순간 사기의 빌미가 싹튼다.
　이 소설을 읽으면서, 누가 속이기 전에 내 편견에 스스로 속아 넘어간다는 사실도 배웠다. 나이 든 이들이 가슴에 새겨야 할 중요한 교훈일지도 모르겠다. 편견을 지닌 노인일수록 판단력은 등나무 줄기만큼이나 엉키기 마련이니까.

닥치지 않은 일을
미리 겁내지 말기

여느 때처럼 이른 아침에 일어나 집 앞에 있는 배드민턴 코트로 나갔다. 대개는 서너 게임쯤 치고 나면 운동을 마치고 샤워실로 직행한다. 한데 그날따라 이상하게 몸 컨디션이 좋았고 여전히 에너지가 흘러넘쳤다.

'좋아, 한 게임만 더 치고 가자.'

베테랑 선수인 남자 후배와 편을 먹고 혼합 복식을 하기로 했다. 만만치 않던 상대 팀과 3점 차로 점수를 벌리면서 신나게 앞서가던 차였다. "빡!" 소리와 함께 얼굴에 어마어마한 충격을 느꼈다. 공원을 어슬렁거리다가 어디선가 강속구로 날아온 야구공에 얼굴을 정통으로 가격당한 듯한 느낌이었다.

뒤에 서 있던 후배가 휘두른 라켓에 옆얼굴을 맞은 것 같았다. 쓰고 있던 안경이 저만치 날아갔다. 나도 모르게 얼굴을 감싸안고 그 자리에 주저앉았다. 눈알이 터진 것 같은 통증이 찾아왔다. 사람들이 몰려들었고 누군가 소리를 질렀다.

"엇! 피 난다!"

무섭게 얻어터진 조폭처럼 삽시간에 눈두덩이 부풀어 올랐다. 슬며시 눈을 뜨자 세상이 뿌옇게 흐렸다. 그래도 앞이 보이는 것 같으니 눈알은 다치지 않았나? 눈썹 아래가 찢어져 거기서 계속 피가 흘렀다.

초조하게 9시가 되기를 기다렸다가, 먼 응급실에 가느니 우선 동네 병원부터 갔다. 안과, 피부과, 정형외과 순으로 세 군데를 돌아다녔다. 운수대통을 넘어서 한마디로 기적이었다. 눈동자에 살짝 상처만 났고, 피부가 찢어졌지만 꿰맬 정도는 아니란다. 광대뼈도, 쉽게 부러진다는 코뼈도 모두 무사했다. 아무래도 플라스틱 안경이 1차 충격을 거의 흡수해 준 모양이었다.

간사하게도 걱정은 금세 다른 차원으로 넘어갔다. 흉하게 내려앉은 눈꺼풀, 눈 부위의 푸른 멍, 흰자를 시뻘겋게 메운 충혈은 어쩌면 좋나. 여지없이 끔찍한 폭

력의 피해자처럼 보일 터였다.

　그 얼굴을 한 채 어쩔 수 없이 사람들을 만나고 다녔다. 예정되어 있던 북 토크를 하고, 라디오 방송에도 출연했다. 짙은 선글라스로 얼굴을 가리긴 했지만, 하늘을 찌를 것 같던 자존감이 바닥으로 툭 떨어졌다. 누가 뭐라는 것도 아닌데 나 스스로 기가 죽고 자신감이 사라졌다. 다들 내 얼굴만 힐끗대는 것 같았다. 나는 그 누구의 눈도 똑바로 바라보지 못했다.

　상처가 회복되기까지 한 달쯤 걸렸는데, 심란한 마음 상태는 훨씬 오래갔다. 운이 좋아서 이 정도로 끝났지만 만약 진짜 눈알이 터졌다면 어쩔 뻔했나.

　'아차' 하는 순간 상해를 입어 장애인이 되고, 가족 도움 없이 일상을 이어 가기 힘든 상황을 상상해 본 적이 있던가. 원하지 않은 불청객처럼, 끔찍한 사고나 상해는 그런 식으로 불쑥 찾아오리라. 동정 어린 신의 경고나 아무런 전조 증상도 없이, 나처럼 활짝 웃고 있는 순간 다가와 무지막지하게 뒤통수를 후려치리라. 긴 잠에서 갑자기 눈떠 보면, 꿈속에서조차 겪어 보지 않은 길고도 고통스러운 나날이 펼쳐지리라. 더 이상 나아진다는 희망은 없고 점점 나빠진다는 진리만 남은 채.

멍은 다 사라졌지만, 아침마다 다시 코트에 나가는 일이 주저되었다. 이러다 또 다치면 어쩌지? 이참에 아예 배드민턴을 그만둬야 하나?

어쩌면 나이를 '많이' 먹는 일도 그와 비슷하지 않을까. 갑작스레 치매가 찾아온다면. 멀쩡하던 무릎이 아파 제대로 걷지 못한다면. 끔찍한 치통으로 밥알조차 씹을 수 없다면. 뭣보다 가장 겁나는 최악의 저주는 저만치서 비수를 갈고 있다. 살지도 죽지도 못하고 숨만 이어 가면서 사랑하는 자식들에게 '지긋지긋한 웬수'로 돌변하는 상황 말이다.

류현재가 쓴 〈가장 질긴 족쇄, 가장 지긋지긋한 족속, 가족〉[49]은 짧지만 임팩트가 강한 소설이다. 병든 엄마가 '짐짝'이 되는 순간, 그럭저럭 굴러가던 가족의 톱니바퀴가 삐거덕거리기 시작한다. 끝내는 누구도 원하지 않았고 아무도 예상치 못했던, 셰익스피어식 비극으로 치닫는다.

아직 늙고 병들지 않았다 자신하는 사람들만이, 자신에겐 그런 시간이 오지 않거나 아주 멀리 있다고 생각하는 사람들만이 그런 이야기를 한다는 걸 그

땐 몰랐다. 아무리 늙고 병들어도 부모의 삶은 끝나지 않는다는 것도 두 사람은 몰랐다.

가족의 순정은 오래된 앨범이나 비디오테이프 속에 추억으로만 박제되어 있을 뿐이다. 핏줄은 질긴 밧줄로 변해 점차 서로의 목을 조인다. 죽어서만 지옥에 갈까? 병든 부모 때문에 오해가 쌓이고 미움이 깊어진 가족이란, 산 채로 빠진 불구덩이와 다름없다. 나이 들어 가는 부모로서는 가장 꾸기 싫은 끔찍한 악몽이다.

"나는 죽는 것보다 딸한테 짐이 될까 봐 더 겁나."

이 소설을 읽은 적도 없으면서, 엄마는 시시때때로 한숨을 내쉰다. 부모라면 나이 듦과 동시에 자동으로 드는 걱정거리임에 틀림없다.

연로한 엄마를 지켜보는 내 심정 또한 마찬가지다. 딸 걱정부터 하는 사려 깊은 엄마에게 치매가 찾아들면 어쩌나. 나아지지 않고 고통만 더해 가는 큰 병의 징후가 나타나면 어찌 견디나. 나 혼자서 더 이상 감당하지 못할 땐 어떤 결정을 내려야 하나. 겪기도 전인데 생각만으로도 무섭다. 게다가 내 아들 앞에서, 엄마인 나 역시 두려움에 떨며 똑같은 말을 중얼거릴 날도 그리 멀지 않았다.

가족에게 무거운 짐짝이 되지 않을 노인 대책이 있을까. 눈을 감는 순간까지 은혜로운 부모요, 부모를 떠나보내는 순간까지 사랑스러운 자식으로 남으려면 어떤 선택을 해야 할까. 그러나 아무리 이런저런 대책을 세우고 마음의 준비를 단단히 해 봤자 '내 뜻대로 되지 않을 일' 리스트 1위로 등극할 가능성이 높다. 그래서 다들 소문만 들었는데도 머릿속에 지옥을 상상하며 겁을 내는 건지도 모른다.

정답이라고 할 수는 없지만, 실은 엄마도 나도 그 두려움에 대적하는 방법을 알고 있다. 삶의 마지막에 찾아올 불행을 내가 선택할 수 없고 피해 갈 수도 없다면, 아무리 두려워해 봤자 무슨 소용이 있나. "걱정을 해서 걱정이 사라진다면 아무런 걱정이 없겠네"라는 티베트의 속담처럼, 애를 끓이느니 호탕하게 웃어넘기는 편이 낫다.

실체도 없이 발목을 붙잡는 흉흉한 소문에 걸려들지 말자. 이만큼이나 살아왔으니 행운, 지금 내 앞에 놓인 실제 상황을 기적이라 여기며 만끽하는 것이 최선이다. 팔순의 엄마는 아직까지 건강하고, 내 옆에 가까이 살고 있으며, 오늘도 다정한 목소리로 딸의 안부를 묻지 않았나.

나이 들면 안 그래도 '나약, 소심, 불안'이라는 걱정의 3종 세트가 껌 딱지처럼 붙어 다닐 텐데, 아직 닥치지도 않은 일까지 미리 두려워하지 말지어다. 마치 연애를 시작하면서 잘 사귀려는 마음보다 헤어질 걱정부터 하는 연인처럼 어리석다. 상대가 뭘 좋아하는지, 내일은 어디 가서 데이트를 할지, 무슨 선물을 해 줄지 골몰하는 것이 훨씬 생산적이다.

그런 마음으로 부상 후 두어 달 쉬었던 배드민턴을 조심스레 다시 치기 시작했다. 또 다칠까 봐 지레 겁먹고 이렇게 재밌는 운동을 포기해 버렸다면? 지금 누리는 인생의 즐거움 중 40퍼센트는 그냥 날려 버리지 않았을까.

어쩌면 험하고 고통스러울지도 모를 엄마의 마지막을 걱정하기보다 '현재'의 엄마나 더 열렬히 사랑하고 응원하자고 마음을 돌린다. 미래의 나이 든 나한테 명심하라고 보내는 힌트이기도 하다.

"지금까지 건강하신 것만도 완전 성공! 닥치면 걱정은 그때 가서 하고, 남은 시간 실컷 재미나게 사시구려. 오늘 저녁에는 나랑 찜질방 갈까, 엄마?"

두고두고 곱씹을
'행복 기억' 저장하기

일요일이면 대개 가평 시골집으로 어머니를 뵈러 간다. 도착하자마자 남편은 집과 정원을 꼼꼼히 살피며 돌아다닌다. 아들은 긴 장화 옷을 입고 연못에 들어가 녹조를 제거한다. 나는 자그마한 텃밭을 둘러보면서 저녁에는 뭘 해 먹을까 궁리한다. 잡초만 더 숱하게 돋았을 뿐, 매주 가도 별다를 것 없는 풍경이다.

어머니는 개중 말을 잘 경청하는 며느리 옆에 종일 붙어 계신다. 일주일 치 쌓인 독거노인의 외로움을 말로 털어 내기 위해서다. 그나마 경로당 행사가 있었거나, 읍내에 나가 친구분과 식사라도 하신 주에는 눈에도 말씀에도 반짝 생기가 돈다.

시골인 데다 주위엔 온통 노인뿐이니 마땅한 얘깃거리가 없는 날이 훨씬 많다. 그럴 때는 사골처럼 이미 여러 번 우려먹은 화제를 또 끄집어내신다. 가장 많이 등장하는 1순위는 뭘까? 몇 년 전 어머니가 노인회 임원을 맡았을 당시 겪은 '잊지 못할' 경험이다.

원래는 '젊은 노인'이 할 일인데 피치 못할 사정으로 공석이 되었단다. 팔순을 넘기신 어머니가 맡기에, 자질구레하게 할 일 많은 총무 역할은 꽤 부담스러웠다. 까짓것 한번 해 보시라고 열심히 응원해 드렸다.

"우리 어머니가 얼마나 똑똑하시게요. 동네에 이만한 인재가 없지." (절대 빈말이 아니다.)

내 예상보다 어머니는 훨씬 일을 잘 해내셨다. 경로당 문 앞에 신발장을 만들어 달았다. 덕분에 늘 지저분했던 현관이 깨끗해졌다. 돈을 요리조리 절약해서 연말에는 회원들에게 선물을 돌렸다. 코로나19로 단체 식사를 못하게 되자, 남은 쌀을 가져다 가래떡을 뽑아 떡국 떡을 나눠 먹기도 했다.

원래 1년만 해도 될 일을 2년이나 더 연장하면서, 어머니는 무사히 임기를 마쳤다. 아버지 돌아가신 후, 느리고 밋밋하게 흐르던 삶의 흐름에 텀벙 돌덩이를 던진 셈이다. 아마도 돌아가실 때까지 두고두고 되씹기 좋은 자랑거리가 되리라. 안 한다고 버티셨으면 어쩔 뻔했나.

오랫동안 외국에 살다 귀국한 친구 하나는 앞으로의 행보가 고민이라고 했다. 이미 50을 훌쩍 넘겼으니, 자그마한 사무실 얻어 나처럼 책 읽고 글 쓰면서 차분히 일할까. 뒤늦게 조직에 들어가면 여러모로 힘들겠지만, 그래도 대학이나 회사 문을 다시 두드려 볼까 결정하기 어렵단다.

내 경험상, 혼자 일하는 프리랜서는 한갓지고 평화롭기 그지없다. 하지만 어차피 5년쯤 지나면 하기 싫어도, 그 수밖에 선택의 여지가 별로 없지 않은가. 기회가 주어질 때, 다양한 사람들 틈에 끼어 이런저런 '관찰과 충돌'을 경험해 보라고 조언했다. 더구나 작가로 살아가려면, 언젠가 글로 튀어나올 빛나는 편린은 그렇게 만들어진다. 어떠한 경험도 괜한 시간 낭비가 아니라, 나중에 요긴하게 빼 먹는 '비상금'이 될 수 있다.

1년 전부터 한 달에 두 번, 미디어에 칼럼을 쓴다. 원고량이 많지 않으니 얼마든지 써 낼 줄 알았지만 웬걸, 매번 글감이 고프다. 이미 책을 네 권이나 펴냈고,

모아 놓은 비상금도 바닥났기 때문이다. 끊임없이 새로운 이야깃거리를 우물물처럼 퍼내야 하는데, 집에서 단조롭게 혼자 일하다 보니 글의 소재를 얻는 데 한계를 느낀다.

특히 생생하게 인상에 남은 경험을 골라, 거기서부터 이야기를 확장해 나가고 주제를 전달하는 글쓰기에 익숙한 나로선 더더욱 '혼자만의 방'에 틀어박힐 수가 없다. 부지런히 밖으로 나가 관찰하고, 다양한 사람을 만나 자극받고, 세상이 돌아가는 흐름을 맛보지 않으면, 글을 계속 써 나가는 일 자체가 고통스러울 것이다.

독자들은 과연 분간해 낼까. 뜬구름 잡는 듯 머리로만 지어낸 달달한 글과, 현실이나 경험에 뿌리박고 뽑아낸 단단한 글의 차이를. 예를 들어 글솜씨나 상상력 뛰어난 작가가 (저작권 문제는 별도로 치고) 인터넷에 널린 다양한 참고 자료를 이용해 진짜 경험 없이도 마치 직접 해 본 일처럼 글을 써냈다고 치자. 경험의 진위는 중요하지 않다 해도, 현명한 독자는 금세 가짜임을 알아챌지도 모른다.

다른 이들은 무심코 지나가기도 하는 그 단서가 뭘까? 작가 카르스텐 두세가 쓴 쫄깃쫄깃한 추리소설

〈명상 살인〉[50]을 읽다가, 대답이 될 만한 문장을 찾아 냈다. 주인공이 어린 시절에 실제로 경험한 일인 양 털 어놓는 일이 '가짜'라는 사실을 현명한 명상 치료사가 정확하게 짚어 내는 장면이었다.

　　당신은 변호사예요. 사실에 부합하는 진술은 상세 　　하다는 걸 알고 계실 겁니다. 지어낸 진술은 과장되 　　고 피상적이에요. 진실은 금은사 세공입니다.

　비록 법정에서 털어놓는 진술을 예로 들었다만, 작 가가 쓰는 글도 어느 정도 비슷하지 않을까. 진실과 사 실에 바탕을 둔 문장은 막연히 지어낸 글과 달리, 명확 하고 군더더기가 없으며 겉돌지 않는 법이다. 당연히 독자의 신뢰와 공감을 끌어내기 쉽다. 따라서 글솜씨 와 상상력이 부족한 나 같은 작가가 열심히 살아남으려 면, 몸소 경험으로 깨달은 진실의 고갱이를 금은사로 세공하듯 한 자 한 자 전달해야 한다.

　그 일환으로 우선 한 가지 행동 법칙을 정했다. 세 상이, 그리고 사람들이 "지금 당신의 힘이 필요해요"라 며 내게 던지는 각종 유혹에 "No!"부터 하지 않고, 웬만하면 기꺼이 넘어가 보기로. '내 나이에 무슨' 하며 빼지 않고, '돈도 안 될 텐데' 하며 따지지 말고, '안 그래도 심심했는데 불러 줘서 고맙지 뭐야' 하는 심정으로 받아들이겠다고.

물론 사생활까지 해쳐 가면서 내 영혼의 영역을 지키지 못하고 남들에게 마구 휘둘리겠다는 의미는 아니다. 시간과 체력이 허락하는 한 즐겁게, 세상의 부름에 열렬히 화답하면서, 내게 남은 시간을 곶감 매달 듯 촘촘한 사건으로 채워 갈 작정이다.

이 법칙이 비단 글 쓰는 작가로서 글감 또는 영감을 얻고자 하는 목적으로만 그치겠는가. 누구나 나이 들면 자연스럽게 별 볼일이 사라지고, 특별한 사건도 (나쁜 일 빼고) 거의 일어나지 않는다. 머지않아 나의 미래도 시골 어머니의 일상만큼 느리고 밋밋해지겠지. 사는 게 참 맛없어졌구나 느낄 때마다, 그동안 창고에 쟁여 둔 곶감 기억을 하나씩 빼서 곱씹으면 얼마나 다디단 간식이 될까.

고레에다 히로카즈 감독의 영화 〈원더풀 라이프〉를 보고 나서, 행동 법칙을 약간 보완했다. 과거의 강렬했던 기억을 찾아내 소환하는 것도 좋지만, 이왕이면 지금부터라도 더 '원더풀'한 리스트를 채워 나가자고.

올해도 나는 수십 군데의 지역을 홍길동처럼 돌아다니며 독자들을 만났다. 그중에는 앳된 중학생들도 있어서, 마흔 살의 나이 차가 무색하도록 찬란한 봄날의 기운을 선사받았다. 남편과 손잡고 필리핀 바닷속으로 잠수했으며, 대학 동기들과는 버스를 타고 2700킬로미터나 고원을 누비다 돌아왔다. 계속 반짝이는 사건들이 파고들면서 1등 자리를 차지해 나간다.

살면서 누린 행복하고 짜릿한 경험, 그뿐만 아니라 때론 고통스럽고 힘에 버거웠던 파란만장한 기억조차 나이 든 이들에겐 강력한 생기를 돌게 하는 수액이 된다. 그러니 두고두고 곱씹을 행복한 기억을 많이 저장해 가는 것만큼 효과 백배인 노후대책도 없다. 60에도 70에도 내 기억의 웹하드에 새로운 행복 데이터를 갱신해 나가야지. 어쩌면 시어머니처럼 팔순에 노인회 총무, 아니 회장직을 맡을지도.

살아온 흔적을
심플하게 정리하기

'정리의 여왕' 곤도 마리에가 진행하는 리얼리티 프로그램을 본 적이 있다. 아이 둘 키우는 집을 방문했는데, 가정주부가 엉엉 울었다. 집 안이 엉망인데 잘 치우질 못해 스트레스가 쌓인다고 했다. 저게 울기까지 할 일인가. 그깟 정리가 뭘 어렵다고.

그러면서 유심히 내 집 안을 둘러보니 이런! 주제 파악을 못했다. 켜켜이 쌓인 물건 틈에 끼어 살면서도 별문제를 느끼지 못하는 사람이 나였다. 곤도 마리에가 우리 집에 왔다가 나보다 먼저 울면서 나가 버리면 어쩌나 걱정해야 할 판이다.

어쩌다 나는 정리를 못하는 사람이 되었나. 톨스토이식으로 말하자면 "정리를 잘하는 사람은 다 엇비슷하지만, 못하는 사람은 제각각 이유가 있다." 우선 20년 동안 한 아파트에서 계속 살았다. 이사를 하거나 하다못해 도배라도 새로 해야 한바탕 물건을 버리고 치울 텐데 말이다. 2년 전 기어이 내려앉은 싱크대를 교체하면서, 그나마 부엌살림을 대거 없애는 쾌거를 올렸다. 세 식구 먹는데 쓰지도 않는 대형 접시며 그 많은 커피 잔 세트를 왜 고이 모셔 놓았을까.

게다가 과감하게 버리질 못하는 성격이다. 핑계를 대자면, 늘 같은 몸무게를 유지하다 보니 처분할 옷이 잘 생기지 않는다. 강의며 인터뷰며 남들 앞에 서는 일이 잦아지면서 옷 욕심까지 늘었다. 곤도 마리에는 설레지 않는 물건은 다 버리라고 한다. 나만 그런지 모르겠으나, 오래된 옷도 가끔 설레는데 어쩌랴. (260만 조회수를 자랑하는) '세바시 강연' 영상을 찍을 때 입은 까만 원피스는 16년쯤 묵은 옷이다.

시골에 혼자 사시는 시어머니는 냉장고, 냉동고에다 김치냉장고를 두 개나 쓰신다. 천하의 살림꾼답게 시시때때로 담그는 김치며 갈아 놓은 마늘, 얼려 놓은 생선 등이 가득 차 있다. 노인 혼자 얼마나 드시겠는가. 대부분은 자식들 내주려고 저장해 놓는다. 특히 음식 만들기에 별 취미가 없는 큰며느리(나)가 주요 타깃이다. 시댁에 갈 때마다 생각 없이 받아 온 음식은 그대로 내 집 냉장고와 냉동실에 쟁여진다. 누가 그런 명언을 날렸던가. 냉장고는 곧 버려질 음식 쓰레기 보관소라고.

안방이며 작은방, 거실, 베란다 할 것 없이 제일 좋은 공간에는 뭐가 턱 하니 차지하고 있을까? 어디나 촘촘히 꽂히고 쌓여 있는 책이야말로 가장 심각한 주범이다. 하다못해 책을 잘 안 읽는 아들 방 베란다까지도 내 책들이 잔뜩 침범해 있다. 다 읽은 책을 부지런히 처분해도, 새로 사거나 선물 받은 책이 계속 늘어 간다. 읽다 둔 책이 책상 위는 물론 여기저기 바닥에 몇 권씩 쌓여 있다. 도서관에서 책을 꽤 빌려 읽지만 도무지 줄어들 기미가 보이지 않는다.

정리를 잘하려면 평소에 즉각 치우는 습관을 길러야 한다. 25년 넘게 회사 안의 내 책상 위에서 많은 시간을 보냈다. 저녁에 퇴근하고 돌아오면 녹초가 될뿐더러, 집은 가족과 먹고 놀고 자는 휴식 공간이었다. 집에 와서까지 부지런히 몸을 놀리며 신경 쓰고 싶지 않았다. 그러면서 청소나 정리를 하찮게 여기는 교만함이 생긴 듯하다.

'살면서 천천히 치우지 뭐' 하며 키워 온 방만한 게으름이 문득 무서워졌다. 김완이 쓴 〈죽은 자의 집 청소〉[51]를 읽고 난 뒤다.

물론 대부분은 자살하거나 고독사한 사람들이 남겨 놓은 끔찍한 죽음의 흔적을 청소하는 이야기다. 자살을 앞두고 재활용 분리수거까지 철저하게 해 놓은 사람도 있다지만, 그런 사례는 극히 드물다. 가난하고 병들고 우울하고 정신적으로 힘든 사람일수록 방문이 열리지 않을 만큼 쓰레기를 꽉꽉 채워 놓은 경우가 많았다. 세간살이나 택배 상자, 음식 찌꺼기를 모아 둔 건 그나마 양반이랄까. 오줌 담은 페트병이나 케이지에서 죽어 간 고양이들 시체까지 나왔다.

특히 고인이 된 남편 서가를 그대로 물려받아 10여 년을 홀로 살다 죽은 할머니 사례는 다리미에 손을 데인 듯 뜨끔했다. 머나먼 남의 일로만 여길 수가 없었다. 나에게나 소중한 책, 여전히 읽지 못해 꽂아 두고 어쩌지 못하는 책. 아무리 오래 산다고 가정해도 내 생전에 다 읽기란 이미 틀렸다. 벌써부터 노안에다 침침해진 시력이 계속 버텨 줄 리 만무하다. 책 주인인 내가 치우지 않으면, 이 요령도 없이 무겁기만 한 '책 더미'는 누구의 십자가가 될까. 남편이 대신 떠메 줄지, 하나밖에 없는 아들이 떠맡을지 모르겠다만, 누구에게든 가혹한 일이다. 그게 단지 책뿐이랴.

언젠가 입겠지, 먹겠지, 읽겠지 싶어 마냥 쌓아 두지만 그 '언젠가'는 쉽사리 오지 않는다. 급기야 다 싸안은 채로 언젠가 죽고 말겠지. 애착도 없고 필요도 없는 수천 톤의 물건에 둘러싸여 생을 마감하는 일은 단순히 버리지 못하는 행동에 머무는 것이 아니다. 과거와 추억에 집착하느라 현재의 삶을 소홀히 하고 미래를 생각하지 못하는 '나를 망치는 최악의 나쁜 버릇' 중 대표 선수가 아닐까.

급한 대로 우선 수월한 실천부터 해 보자고 결심했다. 2022년부터 '매일 뭐라도 하나씩 버리기 운동'을 추진하고 있다. 정 버릴 것이 없으면 하다못해 영수증이나 볼펜 하나라도 찾아내 버려야 한다. 짐작했던 것만큼 쉽지 않고 속도는 느려 터지지만, 쓸데없이 구석구석 숨겨져 있던 물건은 확실히 줄었다. 내겐 필요 없어도 아직 쓸 만한 물건은 '아름다운가게'를 통해 정기적으로 기부하고 있다. (버린다는 죄의식이 들지 않고 기부 영수증까지 받는 정리 방법으로 적극 추천한다.)

소유물을 버리는 일만큼이나 '소비를 자제하면서

덜 사는 운동'의 비중을 높여 가야만 한다. 새것을 탐하는 욕심을 자제하고, 정든 물건을 잘 아껴 가며 끝까지 쓰는 행위도 바람직한 정리 중 하나다. 정 사고 싶다면 물건이 아니라 문화나 경험을 향유하는 쪽으로 소유 욕구를 달래 보자.

　빈손으로 왔다가 빈손으로 간다는 '공수래공수거'를 누가 모르겠나. 하지만 마치 무덤까지 다 끌고 갈 기세로 인생의 막바지까지 미련을 품는 존재가 인간이다. 나이 들수록 더 버리고 털어 내고, 꽉 움켜쥔 욕심 보따리를 놓아야 한다. 거기서 멈추지 말고 더 나아가 적극적으로 기부하고 남과 나눌 줄 알아야 보다 고귀한 정리가 되리라.

　삶의 종착점을 향해 갈 때, 따지고 보면 그나마 손에 잡히는 재산이나 물건을 정리하는 일이 가장 쉽다. 눈에 보이지 않아도 꽤 막중하게 여겨야 할 마지막 인생 정리가 남아 있다. 주위 사람들과의 인연, 미완성으로 남은 의무, 여기저기 뿌려 놓은 삶의 행적, 우주의 한 존재로서 품은 슬픔 등은 어떻게 마무리해야 할까.

　살아온 무게만큼 각자의 몫이 있겠지. 가능하면 후회나 눈물과 자책이 남지 않도록, 가벼운 먼지로 훌훌 날아갈 수 있도록 삶의 얼룩을 잘 지워야 한다. 가장 하기 어려워서 훨씬 더 미리 준비하지 않으면 놓쳐 버리고 마는 고차원의 정리다.

　나는 오래 살기보다, 이 세상을 등지기 전에 내가 살아온 흔적을 잘 정리할 시간이 주어지길 바란다. 아니, 그런 행운을 바라기 전에, 힘이 남아 있는 동안 내 손으로 조금씩 정갈하게 치워 나가는 것이 정답이다. 슬슬 서두르지 않으면, 욕심으로 부여잡고 있는 모든 것은 어느새 나이 든 몸이 감당하기에 벅찬 쓰레기가 되고 말 테니까.

　(혹시 내가 못하면) 각종 SNS, 그리고 인터넷 세상을 떠돌고 있는 나에 관한 정보와 기사도 다 없애 달라고 미리 아들에게 부탁해 놨다. (이 분야도 청소 전문 업체가 따로 있다고 들었다.) 내가 이 세상을 살다 간 흔적은 도서관에 남을 내 책 몇 권이면 충분하다. 물론 그것도 머지않아 먼지가 되겠지만.

아흔에는 뭘 하며 지낼까
상상해 보기

시골에서는 겨울 내내 한가하다가 3월부터 슬슬 분주해지기 시작한다. 비록 자그마한 마당과 텃밭뿐이지만 본격적인 봄맞이 준비를 해야 하기 때문이다. 나이 든 어머니가 부지런히 움직이며 솔선수범하니, 자식들은 빈둥거릴 틈이 없다.

우리 부부는 우선 잔디 위에 떨어진 누런 잣나무 잎을 갈퀴로 긁는다. 아들은 작은 손수레를 끌면서 쓸어 담아 한곳에 모은다. 어머니는 바깥 아궁이 앞에 앉아 봉분처럼 쌓인 잎을 태운다. 아마도 다음 주말에는 텃밭을 갈고 모종 심을 준비를 해야 하리라. 마른 풀로 지저분한 화단도 미리 치워 놓아야 꽃이 필 자리가 생겨난다.

어느새 연못 주변을 치우고 난 어머니 손에는 바람에 꺾인 잔가지가 가득 들렸다.

"그것도 가져다 태우시게요?"

"이걸 왜 태워? 다 쓸 데가 있지."

유자차가 들었던 커다란 유리병에 물을 가득 붓고 주운 가지를 얼키설키 꽂아 두신다. 이미 다 말라비틀어졌구먼, 물에 꽂는다고 살아날까. 도시 사는 며느리는 심드렁하게 헛수고하신다고 단정해 버렸다. 웬걸! 일주일 후에 가 보니, 볼품없던 가지에 샛노란 꽃이 가득 달렸다. 서울에서도 보지 못한 개나리를 추운 동네에서 먼저 만날 줄이야. 죽은 줄로만 알았는데 멀쩡히 살아 있었구나. 마지막 생의 기력을 쥐어짠 식물 앞에서 미숙한 인간은 어쩐지 부끄러웠다.

섣부른 젊은이들 눈에 아흔 살 노인의 삶은 앙상하게 마른 나무처럼 보인다. 그 나이쯤 되면 뭔 낙으로 살까. 아니, 낙이라고 할 만한 일이 남아 있을까. 겉모습만 보고 오해했다간 큰코다친다. 비록 바람에 꺾였을지라도 마른 꽃나무는 여전히 생명을 보듬고 있으니까.

오랫동안 편집자로 일했다는 작가 베로니크 드 뷔르. 그래서 남다른 호감을 품고 그의 소설 〈체리토마

토파이〉[52]를 읽었다. 아흔 살 나이에도 나름대로 생은 찬란하다. 그저 조금 천천히 흐를 뿐. 남은 시간이 많지 않기에 하루하루는 무심하면서 동시에 애틋하다. 매일이 첫날 같고, 매일이 마지막일지도 모를 나날들.

프랑스 시골 마을에서 홀로 살아가는 잔 할멈의 세상은 서서히 줄어들고 있다. 매일 일기를 써 나가는 잔의 속마음을 훔쳐보면서, 아흔 살로 다가가는 시어머니를 종종 떠올렸다. 불시에 손님들이 들이닥쳐도 끄떡없이 푸짐하게 음식을 만들어 내던 양반 아닌가. 그런데 최근 들어선 매일 먹는 끼니조차 버거워하신다. 오랫동안 어머니 밥을 얻어먹은 며느리는 선수 교체를 준비한다. 정작 당신은 새 모이만큼 드실 뿐이지만.

예전엔 껌벅이는 형광등을 척척 갈아 끼우고, 웬만한 못질도 직접 하셨다. 이젠 기계가 작동하지 않으면 겁부터 난단다. 텔레비전 리모컨은 왜 말을 안 듣나, 휴대폰 사진은 자꾸만 어디로 사라지나 답답해하신다. 어쩌면 책 속 잔처럼 어머니도 두 손으로 얼굴을 감싸고 엉엉 울어 버리는 날이 올까.

"내 힘으로는 도저히 감당 못할 일이 자꾸 생겨."

키가 줄어 나보다 더 작고, 얼굴과 몸이 동글동글해진 어머니를 바라본다. 힘을 내 봐도 나아지지 않고, 아무리 애를 써도 되돌리지 못하는 야속한 나이 듦이여.

하지만 버티고 도리질 치는 대신, 현실을 받아들이고 순리를 따라 종종걸음 하는 어머니 뒤로 찬란하게 저녁놀이 물들어 간다. 아무리 마음의 준비를 해도 겨울은 오고 밤은 어두워지는 법. 이제는 정갈한 어머니의 침대보다 자식들이 펴 놓은 따끈한 이불 속이 더 좋으시려나.

그럼에도 77세를 어린애라 여기는 잔 할멈은 여전히 차를 운전하는 '슈퍼 시니어'로 건재한다. 시골 사는 노인들에게 가장 아쉬운 것 중 하나가 기동력이다. 어머니는 읍내 나가실 일이 생기면, 집에서 버스 정류장까지 1킬로미터나 걸어 나간다. 버스가 자주 오지 않아 '행복택시'를 불러야 할 때도 있다.

해가 길어지면, 그 돈도 아까우신지 슬슬 뒷짐을 진 채 나가는 일이 많다. 너무 멀어 걱정은 되지만, 힘에 부치는 그 걷기가 사실은 다리 건강을 지켜 준 특효약 같다. 지팡이 없이 잘도 걸으시니까. 그나저나 내 다리는 아흔 살까지 잘 버텨 주려나. 차 운전을 못하면, 배터리 달린 세발자전거라도 타야 할 텐데.

육체도 정신도 서서히 변해 가는(버거워지는) 나이

아흔. 자식과 손자가 몰려오면, 좋으면서도 한편으론
성가셔지는구나. (평화로운 질서를 어질러 놓는다.) 우리 눈
에는 아까워 보여도 정원수를 베어야겠어. (잎이 너무 많
이 떨어진다.) 텃밭을 더 줄이고 배추는 그만 심자. (김장
은 이제 끝!) 지난번 재미나게 했던 말씀을 똑같이 하셔
도 모르는 척 들어야지. (재미난 일이 거의 벌어지지 않으니
까.) 옆집 사는 할멈까지 들여다봐야 한다고 투덜대시
지만, 어쩜 다행인지도 몰라. (그래도 친구가 있는 게 낫지.)

　잔 할멈을 통해 시어머니 심경을 이해하면서, 아직
은 먼 미래처럼 느껴지는 아흔 살 내 삶도 상상해 본다.
나라고 크게 다르지는 않겠지.

　작은 키가 더 줄어 땅에 붙어 다니겠네. 잔 할멈처
럼 십자말풀이라도 열심히 해야 치매를 방지하려나?
밤마다 책을 읽을 만큼 시력은 괜찮을지. (제발!) 식탁
건너편에 앉은 사람이 말하는 소리는 잘 들릴까. 설마
(지금은 싫어하지만) 늘 트로트 채널을 틀어 놓고 보려
나? 잔 할멈처럼 침대에 앉아서도 발바닥에 보습제를
바르는 것조차 힘들어지겠지만, 어쩌겠는가. 서서히
변해 가는 육체의 한계를 받아들이며 조금씩, 조금씩
적응해 가야 할 테지.

그래서 슬프냐고? 덧없냐고? 아니, 오히려 몇 가지
'아흔맞이 계획'이 추가되었다. 안 그래도 노후를 시골
에서 보내야 하나 망설였다. 다들 앞다퉈 말린다. 은퇴
하고 10여 년쯤 가서 살더라도, 더 나이 들면 큰 병원이
가까운 도시로 다시 나와야 한단다. 하지만 잔의 생활
을 엿본 덕분에, 자연의 사계절을 코앞에서 보는 삶이
노인에겐 커다란 혜택이라는 확신이 강해졌다.

　시시때때로 동네 친구들과 시간을 보내려면, 더 늦
기 전에 마작이나 카드놀이를 배워야지. 맛있는 차에
다 디저트를 계속 즐겨야 하니, 특히 당뇨병 걸리지 않
게 조심하자. 잔처럼 아흔 살부터 소소하게 일상을 적
어 나가는 일기를 써도 좋으리. 이러다 아흔 살에도 '작
가님' 소리를 듣겠어. 돋보기를 콧등에 걸치고 노트북
을 들여다볼 아흔 살 내 모습에 설핏 웃음이 난다.

　프랑스 시골에 잔 할멈이 있다면, 한국에는 우리
네 보통 삶과 좀 더 친숙한 90세 봉 여사가 있다. 그 연
세에 경로당으로 출근해 도우미를 하면서 용돈까지 버
니, 얼마나 씩씩하고 다부진 노인인가. 〈구십도 괜찮
아〉[53]를 읽으면 이번엔 배낭 멘 채 전통 시장을 돌아다
니거나, 예쁜 치마 입고 춤추러 가는 '도시 할멈' 엄마의

일상이 짠하게 겹친다. 대자연은 없다만, 여러 사람과 부대끼며 지내는 일도 노인이 건강하게 지내는 방법 중 하나다.

시골이든 도시든 아흔 살 할멈쯤 되면 얼굴이 무구한 아기처럼 변한다. 씨에서 자라나 꽃을 피웠다가, 다시 씨가 되어 흙으로 돌아가는 자연의 순리를 인간도 그대로 따라간다.

내 생애 마지막 파티를
기획하기

자식으로서 내겐 이제 두 번의 장례식만 남아 있다.

2007년, 응급 환자로 실려 와 중환자실에 누운 아빠는 돌아가실 날을 받아 둔 셈이었다. 그럼에도 갓 마흔을 넘긴 나는 아무런 준비가 되어 있지 않았다. 경험이나 지식도 없었다. 어떻게 장례식장을 정하고 사람들을 맞았는지 전혀 기억이 나지 않는다. 아마도 비교적 젊은 축이었던 엄마가 대부분 결정을 하고, 남편과 남동생이 처리했던 것 같다.

2016년, 시아버지의 죽음도 갑작스럽기는 마찬가지였다. 시골집에서 낮잠을 주무시다 가셨기에 자식들은 임종조차 하지 못했다. 장례식을 한번 치러 본 우리는 황망한 가운데서도 교통이 편리한 장례식장을 골랐다. 상조회에 가입하지 않았기에, 이번에는 하나부터 열까지 큰며느리인 내가 나서서 결정했다. 그나마 장지가 대전 현충원으로 정해져 있어 한결 수월했다.

두 번의 장례식을 치르면서 여러 생각이 들었다. 가까운 사람과 영원히 헤어지는 마지막 절차가 이렇게 자질구레하고 번잡할 수밖에 없나 싶었다. 돌아간 자의 부재를 받아들이고, 남은 자의 슬픔을 추스르는 이별의 자리가 장례식 아닌가.

막상 상주 자리에 서 보니, 부모 잃은 막막함을 다독일 시간도, 함께해 온 추억을 떠올리며 '잘 가시라' 인사할 여유도 없었다. (그래서 상조회가 생겼나 본데) 끊임없이 밀려드는 문상객을 맞고, 앉을 자리나 음식이 부족하진 않나 신경 쓰고, 그 와중에 여기저기 화장터와 장지까지 알아보느라 분주하기 그지없었다. (같이 나눠서 할 형제가 별로 없어 더 그랬나 보다.) 하루아침에 짝 잃은 어머니들 충격조차 잘 헤아리지 못했다. 슬픔에 빠지기는커녕 혼이 쏙 빠졌다.

그렇게 북적북적한 손님들 속에서, 끝도 없이 늘어

선 근조 화환에서 위로받으며 슬픔을 잊는 시간이 장례
식이라고 누군가는 말할지도 모르겠다. 아니, 그렇지
않다. 아버지들보다 몇 배나 더 각별한 두 어머니를 더
이상 이승에서 보지 못한다면. 그 부재를 상상하는 것
만으로도 다시 한번 탯줄이 끊기는 생생한 고통이 몰려
온다. 그런 마음으로 반찬을 주문하고, 손님들을 맞으
며 분주히 왔다 갔다 해야 하다니.

그리하여 두 어머니들 장례식만큼은 조용한 '가족
장'으로 치르고 싶은 마음이 간절하다. 결혼식을 소박
하게 하고 싶어도 사돈의 입장을 생각해야 하듯, 남편
과 다른 형제의 의견도 있을 테니 실행이 될지 모르겠
다만 잘 설득해 보리라. 피를 나눈 가까운 친척만 모시
고 도란도란 망자와의 추억을 공유하며, 슬픔을 받아
들일 시간을 차분히 갖고 싶다. 두 어머니가 섭섭해 하
실라나. 자식 잘 키워 놨더니, 저승 가는 길이 왜 이리
초라하냐고.
이미 세상에 없는 분이 어찌 알겠는가. 정작 내 장
례식도 (혹시 남편과) 하나 있는 아들이 어떻게 치르든지
전혀 내 알 바 아니다. 다만 그에 관한 몇 가지 유언은
이미 남겨 놓았다. 소박하고 조용하게 보내 달라고. 제

사는 지내지 말고, 태우고 난 유골은 시골집 나무 밑에 뿌려 달라고. 가는 순서는 아무도 모른다만, 체력이 좋은 내가 너무 오래 살아서 장례식에 올 친구가 없으면 어쩐다지.

장편을 제외하고 톨스토이가 쓴 가장 훌륭한 작품으로 평가받는 〈이반 일리치의 죽음〉[54]. 소설 첫머리를 판사로 일하던 이반 일리치의 부음과 장례식 장면에다 할애했는데, 그렇게 신랄할 수가 없다. 법원 동료들은 대충 눈도장 찍고 카드나 치러 갈 생각에 바쁘다. 상복 입은 아내는 묘지 자리 가격을 협상하거나 나라로부터 지원금 받을 방법을 찾느라 골몰해 있다. 1880년대 러시아에도 망자에 대한 애도는 없고 '산 사람은 살아야지' 일색이다.

본인은 가고 싶어도 절대로 참석하지 못하는 이승에서의 마지막 세리머니. 이름이야 뭐가 됐든 인연을 맺어 온 이들과 인사를 나누는 이별식을 꼭 죽은 뒤에 하는 것이 맞을까? 아예 가족이 없거나 결혼하지 않은 사람들은 어쩌면 좋을까. 장일호가 쓴 〈슬픔의 방문〉[55]을 읽어 보니 신박한 아이디어를 꺼내 놨다. 왜 본인이 상주가 되면 안 되겠는가.

내 장례의 상주가 되고 싶다. 당신들 덕분에 살아서 좋았다고 눈을 마주치며 인사하고 싶다. 장례식에 오는 사람들은 나와 함께 찍은 사진이 있어야만 입장할 수 있게 할 예정이다. 조문객들이 가져오는 사진은 모두 내 영정 사진으로, 장례 기간 동안 벽에 전시해 두면 근사할 것 같다. 돌아가는 길에 가져갈 제철 꽃을 준비하는 것도 장례 계획의 일부다.

살아 계실 때 아빠는 환갑잔치를 꼭 해야겠다고 우겼다. 당시에도 잔치 없이 조용히 넘어가는 분위기여서 손님을 청하기 민망했지만, 당신이 원하니 자식들은 따를 수밖에. 한강이 보이는 호텔 피로연장을 빌려 부부가 손을 잡고 행진까지 한 제법 왁자지껄한 모임이었다. 무대로 나가 노래를 몇 곡씩이나 부르며 좋아하시더니, 꼭 4년 후 아빠는 아무도 내다보지 못한 방식으로 임종을 맞았다. 그 생신의 기억은 장례식과 달리 지금까지도 온전하게 남아 있다.

2015년 시아버지가 돌아가시기 1년 전에 자식들은 시부모님 결혼 50주년 기념 파티를 마련했다. 정원이 넓은 한옥 음식점에서 사돈까지 모시고 와인 잔을 부딪쳤다. 아버지와 어머니는 좋은 주단으로 지은 커플 한

복을 차려입었고, 전문 포토그래퍼까지 불러 다 같이 가족사진을 찍었다. 사는 동안 단 한 번도 결혼기념일을 챙겨 보지 못했다는 시아버지가 특히 좋아하셨다.

죽고 난 뒤 치르는 시끌벅적한 장례식이 뭐 그리 중요하겠나. 아버지들처럼 두 어머니께도 가까운 일가친척 초대해 맛있는 식사를 대접하는 흥겨운 자리를 선사할 생각이다. 나 또한 몸 건강히 살아 있을 때, 멀쩡하게 정신 줄 잡고 있을 때, 내가 가진 돈을 맘껏 쓸 수 있을 때 '생애 마지막 파티'를 성대하게 열어 보리라.

2023년 결혼 30주년을 맞았으니, 꼭 20년 후 2043년에 시부모님처럼 50주년 파티로 대신해도 좋겠다. 76세에도 부부가 둘 다 용케 살아 있다면, 황혼 이혼이나 졸혼을 하지 않은 채 멀쩡히 붙어 산다면, 그것만큼 축하할 일이 어디 있겠나. 80이 넘으면 언제 어떻게 될지 모르니, 기력이 남아 있을 때 까짓것 60주년 파티도 해보자꾸나.

독자 여러분! 50주년, 그리고 60주년 파티에 저 보러 와 주실 거죠? 제가 없는 장례식장에는 오지 마시고요.

85세에도 아침에 눈 뜨면 침대 운동을 하고, 꼼꼼히 가계부를 쓰고,
부지런히 노인회관에 다니시는 어머니. 옆에서 보고 배우는 것이 참 많다.

〈미리, 슬슬 노후대책〉의
최대 수혜자는 바로 나다

꼼장어와 돼지 껍질을 구워서 신나게 씹어 먹은 다음 날, 턱이 벌어지지 않았다. 있는지도 몰랐던 턱 구강 내과라는 곳을 찾아가 진료를 받았다. 퇴행성 질환이라 어쩔 수 없으며, 앞으론 입을 크게 벌리지 말고 조심해야 한단다. 치아만큼은 튼튼해서 임플란트 할 일은 없겠다 자신했는데 엉뚱한 데서 탈이 났다. 잘 씹지 못하니까 그야말로 살맛이 나지 않았다. 그런데 죽으란 법은 없는지, 음식을 천천히 먹다 보니 저절로 소식하게 되면서 속이 편안해지는 게 아닌가.

나이 듦도 이와 비슷하다는 생각을 한다. 아무런 기척도 없이 한밤중에 들이닥친 불청객은 강도와 다를 바

없다. 무례하고 두렵고 기분 나쁜 존재다. 게다가 내쫓아도 나가지 않고 같이 지내겠다고 아우성친다면 어쩌겠는가. 그나마 방도 하나 비어 있고 냉장고에 먹을거리가 채워져 있다면 한시름 덜 수 있다. 살살 엉덩이 두드려 가면서, 때론 엄하게 다스리기도 하면서 동거 생활에 익숙해져야 한다. 군식구가 늘어났다지만 꼭 나쁘기만 할까.

인간은 누구나 나이 들고, 노화와 죽음을 피해 갈 수 없다. 그렇다고 마냥 두려워만 하거나 삶의 의욕을 잃어버려야 쓰겠나. 세상 이치가 하나를 잃으면 하나를 얻기 마련이다. 나이 들어가는 길목에 선 우리는 자유의지로 선택할 수 있다. 잃는 쪽을 아쉬워하며 계속 억울해하겠는가. 아니면 얻는 편에 초점을 맞추고 기꺼운 마음으로 받아들일 텐가. 이 책은 '쇠해 가는 육체와 정신을 안타까워하기보다, 늘어난 자유와 시간을 잘 누려 보자'는 의미의 다독임이다.

원고를 쓰고 여러 번 읽는 동안, 1차 독자로서 최대 수혜자는 바로 나였다. 잠시 소강상태였던 '1일 1버리기' 운동에 맹렬히 돌입했다. 일본어를 좀 더 본격적으로 공부해 보려고 겁도 없이 방통대 3학년으로 편입 원서를 넣었다. 유산소보다 근력 운동에 치중하겠다는 목표로 생전 처음 PT 프로그램에 등록했다. 맘 맞는 젊은이들과 1년에 세 번 만나는 정기 모임을 결성했다. 기부처를 한 군데 더 늘렸고, 따스한 봄날에 두 어머니와 성대한 파티를 열려고 계획 중이다.

  29개 다 실천할 자신이 있는데 단 하나, 일흔 넘어서도 작가로 살아남는 대책이 가능할지 모르겠다. 갈수록 글 쓰고 책 내는 일이 고달픈 데다 확신도 안 서서, 이 항목은 빼 버릴까 마지막까지 고민했다. 이럴 때 예전에 내가 작가들한테 그랬듯, 담당 편집자의 다정한 공감과 응원을 받았기에 힘을 낼 수 있었다. 남해의봄날 박소희 편집자에게 고마움을 전한다. 주연 배우인 두 어머니에게는 포옹을, 당당히 조연 자리를 차지한 30년 지기에게는 하트를 보낸다. ◉

따로 또 같이 서서, 때로는 탠덤 자전거를 타고 언덕을 올라가, 멋진 풍경을
함께 누리는 사이. 그것이 내가 원하는 부부의 상이다.

이 그림을 처음 보자마자 왠지 영화 〈델마와 루이스〉가 떠올랐다.
머리에 스카프를 두르고 캣아이 선글라스를 쓴 채,
옆자리에 '델마'를 태우러 달려가는 과감한 '루이스'처럼 보였나 보다.
마음먹었을 때 "Right now!" 하는 응원까지 담겨 있으니,
〈미리, 슬슬 노후대책〉 표지로 삼기에 딱 어울린다.
이 멋진 그림은 규하나 작가의 작품이다.

참고 문헌

1) 〈두 늙은 여자〉, 벨마 월리스 지음, 짐 그랜트 그림, 김남주 옮김, 이봄(2018)

2) 번역가 김남주 "번역은 늦가을 낙엽 쓸기 같아요", 신연선, 〈채널예스〉 2018. 6. 22

3) 〈심미안 수업〉, 윤광준 지음, 지와인(2018)

4) 〈어린이라는 세계〉, 김소영 지음, 사계절(2020)

5) 〈마녀엄마〉 이영미 지음, 남해의봄날(2020)

6) 〈친밀한 이방인〉, 정한아 지음, 문학동네(2017)

7) 〈모스크바의 신사〉, 에이모 토울스 지음, 서창렬 옮김, 현대문학(2018)

8) 〈죄와 벌〉, 표도르 도스토옙스키 지음, 홍대화 옮김, 열린책들(2009)

9) 〈리스본행 야간열차〉, 파스칼 메르시어 지음, 전은경 옮김, 들녘(2007)

10) 〈임계장 이야기〉, 조정진 지음, 후마니타스(2020)

11) 〈가난의 문법〉, 소준철 지음, 푸른숲(2020)

12) 〈황 노인 실종사건〉, 최현숙 지음, 글항아리(2022)

13) 〈더 와이프〉, 메그 월리처 지음, 심혜경 옮김, 뮤진트리(2019)

14) 〈아름다운 삶, 사랑 그리고 마무리〉, 헬렌 니어링 지음, 이석태 옮김, 보리(1997)

15) 〈평균 연령 60세 사와무라 씨 댁의 이런 하루〉, 마스다 미리 지음, 권남희 옮김, 이봄(2015)

16) 〈J. M. 배리 여성수영클럽〉, 바버라 지트워 지음, 이다희 옮김, 북레시피(2017)

17) 〈피터 팬〉, 제임스 매튜 배리 지음, 이은경 옮김,

펭귄클래식코리아(2008)
18) 〈네루다의 우편배달부〉, 안토니오 스카르메타 지음, 우석균 옮김,
민음사(2004)
19) 〈아주 사적인, 긴 만남〉, 마종기·루시드 폴 지음, 문학동네(2014)
20) 〈수리부엉이는 황혼에 날아오른다〉, 무라카미 하루키·가와카미
미에코 지음, 홍은주 옮김, 문학동네(2018)
21) 〈밤에 우리 영혼은〉, 켄트 하루프 지음, 김재성 옮김,
뮤진트리(2016)
22) 〈천일야화〉, 앙투안 갈랑 엮음, 임호경 옮김, 열린책들(2010)
23) 〈철학자가 달린다〉, 마크 롤랜즈 지음, 강수희 옮김, 추수밭(2013)
24) 〈철학자와 늑대〉, 마크 롤랜즈 지음, 강수희 옮김, 추수밭(2012)
25) 〈고양이와 할아버지〉, 네코마키 지음, 오경화 옮김, 미우(2016)
26) 〈마녀체력〉, 이영미 지음, 남해의봄날(2018)
27) 〈주 2회 1일 1시간, 죽을 때까지 건강하게 살고 싶어서〉,
브라이언트 존슨 지음, 정미화 옮김, 부키(2020)
28) 〈근육이 연금보다 강하다〉, 김헌경, 비타북스(2019)
29) 〈노르웨이의 숲(ノルウェイの森 上)〉, 무라카미 하루키 지음,
고단샤(2004)
30) 〈상실의 시대〉, 무라카미 하루키 지음, 유유정 옮김,
문학사상사(2000)
31) 〈60, 외국어 하기 딱 좋은 나이〉, 아오야마 미나미 지음, 양지연
옮김, 사계절(2020)
32) 〈명상록〉, 마르쿠스 아우렐리우스 지음, 이덕형 옮김,
문예출판사(2008)
33) 〈서촌 오후 4시〉, 김미경 지음, 마음산책(2015)

34) 〈뿌리가 튼튼한 사람이 되고 싶어〉, 신미경 지음, 뜻밖(2018)

35) 〈로마인 이야기〉, 시오노 나나미 지음, 김석희 옮김, 한길사(1995)

36) 〈토지〉, 박경리 지음, 마로니에북스(2012)

37) 〈즐겁지 않으면 인생이 아니다〉, 린 마틴 지음, 신승미 옮김,
    글담출판(2014)

38) 〈마션〉, 앤디 위어 지음, 박아람 옮김, 알에이치코리아(2021)

39) 〈남아 있는 나날〉, 가즈오 이시구로 지음, 송은경 옮김,
    민음사(2021)

40) 〈리어왕〉, 윌리엄 셰익스피어 지음, 김태원 옮김,
    펭귄클래식코리아(2010)

41) 〈올리브 키터리지〉, 엘리자베스 스트라우트 지음, 권상미 옮김,
    문학동네(2010)

42) 〈남겨둘 시간이 없답니다〉, 어슐러 K. 르 귄 지음, 진서희 옮김,
    황금가지(2019)

43) 〈줬으면 그만이지〉, 김주완 지음, 피플파워(2023)

44) 〈나는 풍요로웠고, 지구는 달라졌다〉, 호프 자런 지음, 김은령
    옮김, 김영사(2020)

45) 〈흰머리 휘날리며, 예순 이후 페미니즘〉, 김영옥 지음,
    교양인(2021)

46) 〈두 여자의 인생편집 기술〉, 김은령·마녀체력(이영미) 지음,
    책밥상(2022)

47) 〈아내의 빈방〉, 존 버거·이브 버거 지음, 김현우 옮김,
    열화당(2014)

48) 〈벚꽃 지는 계절에 그대를 그리워하네〉, 우타노 쇼고 지음, 김성기
    옮김, 한스미디어(2019)

49) 〈가장 질긴 족쇄, 가장 지긋지긋한 족속, 가족〉, 류현재 지음,
    자음과모음(2022)

50) 〈명상 살인〉, 카르스텐 두세 지음, 박제헌 옮김, 세계사(2021)

51) 〈죽은 자의 집 청소〉, 김완 지음, 김영사(2020)

52) 〈체리토마토파이〉, 베로니크 드 뷔르 지음, 이세진 옮김,
    청미(2019)

53) 〈구십도 괜찮아〉, 김유경 지음, 남해의봄날(2021)

54) 〈이반 일리치의 죽음〉, 레프 니콜라예비치 톨스토이 지음, 박은정
    옮김, 펭귄클래식코리아(2009)

55) 〈슬픔의 방문〉, 장일호 지음, 낮은산(2022)

도서출판 남해의봄날. 비전북스 35

우리 인생의 모범답안은 정해져 있지 않습니다. 대다수가 선택하고, 원하는 길이라 해서
그곳이 내 삶의 동일한 목적지는 될 수 없습니다. 진정한 자유를 위해 용기 있는 삶을
선택한 이들의 가슴 뛰는 이야기에 독자 여러분을 초대합니다.

미리, 슬슬 노후대책

초판 1쇄 펴낸날	2024년 3월 18일
지은이	마녀체력
편집인	박소희책임편집, 천혜란
교정	이정현
마케팅	조윤나, 조용완
디자인	류지혜
표지 일러스트레이션	규하나
인쇄	미래상상
펴낸이	정은영편집인
펴낸곳	(주)남해의봄날
	경상남도 통영시 봉수로 64-5
	전화 055-646-0512
	팩스 055-646-0513
	이메일 books@namhaebomnal.com
	페이스북 /namhaebomnal
	인스타그램 @namhaebomnal
	블로그 blog.naver.com/namhaebomnal

ISBN 979-11-93027-28-8 03800